如何让女人免于心碎

半岛璞 著

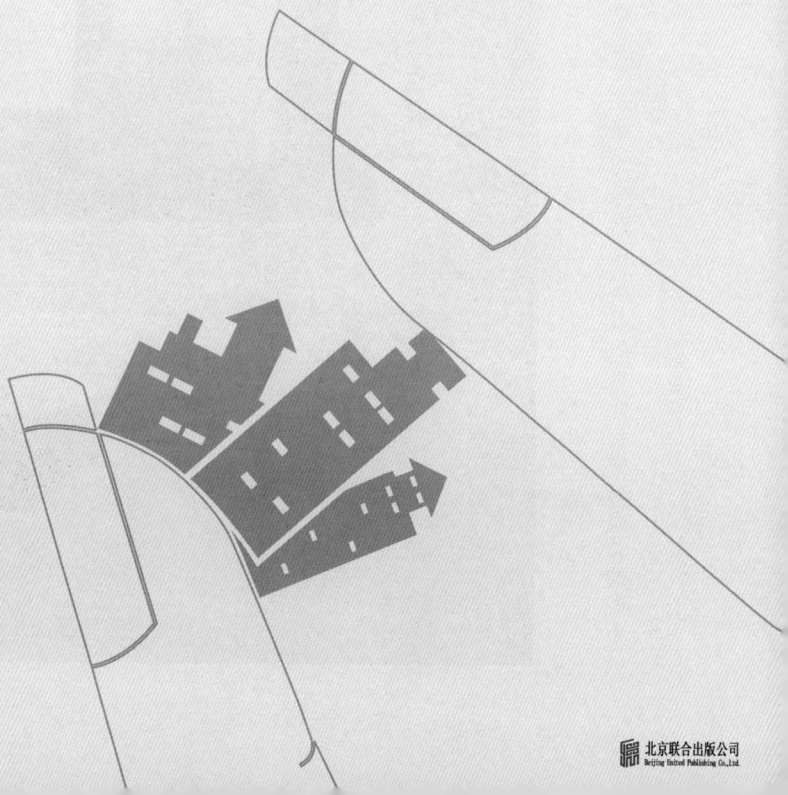

北京联合出版公司
Beijing United Publishing Co.,Ltd.

在夏天正式到来之前，我争取能有件与爱情有关的心事。

我需要光和水，而你需要的是一双20世纪的臂弯。

带着信鸽去旅行，或许就没那么容易和这个世界失散。

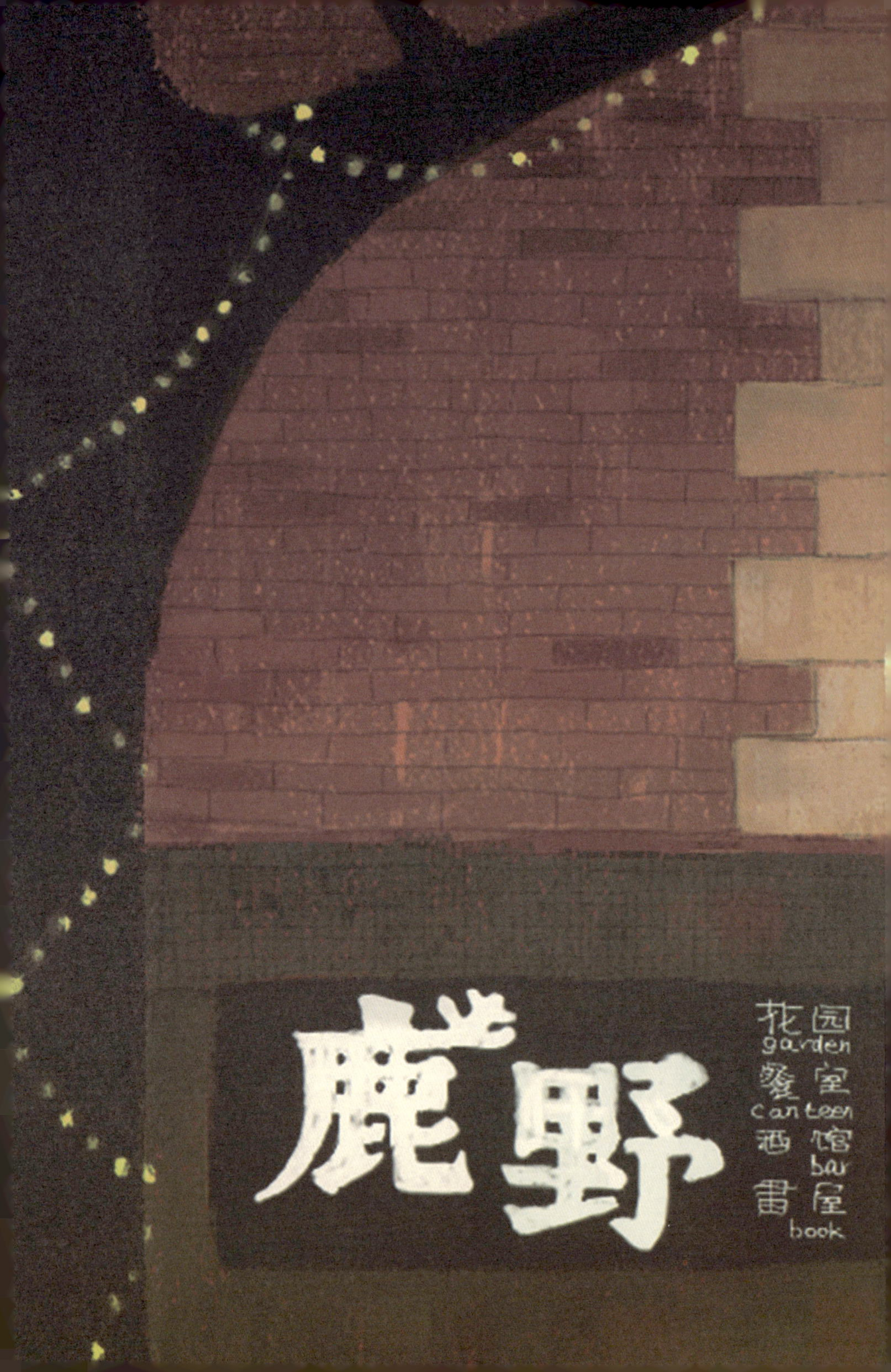
鹿野
花园
garden
餐室
canteen
酒馆
bar
書屋
book

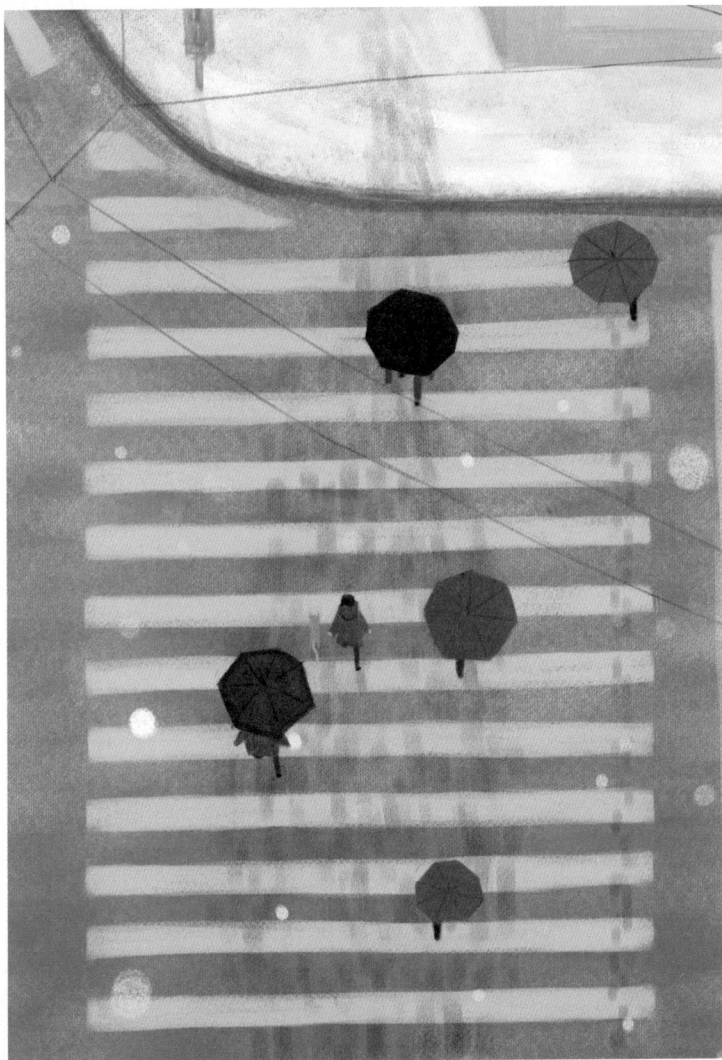

我走了，但我知道我还在你的视线里。就是在这一刻，我才感受到一种前所未有的自由。

\\\

//

序 冬天对某些人是亚力酒和蓝眼潘趣

———————— **CHAPTER 1** ————————

最先上的硬面包与最后上的奶油蛋糕

//

———————— **CHAPTER 2** ————————

法国香槟与楼下便利店的速食面

//

//

—————— **CHAPTER 3** ——————

巷子口的蹄髈与密室中的镜花水月

//

—————— **CHAPTER 4** ——————

红丝绒与蟹膏

//

献给 M

序

冬天对某些人是亚力酒和蓝眼潘趣

对另一些人是闪耀的葡萄酒和肉桂。

　　雪还没下下来，但故事总要有个归处。等它们结集上市，我才发现有的已经是一年前写下的了，甚至两年前。比如你们喜欢的《周小姐的自我修养》和《不要问我什么时候会下雪》。当然，更多是新鲜出炉的，可能会带点儿不一样的气息，比如《背叛男人的女人们》或者《如何处理钢琴教师的骨灰》。

　　那些发生在上个甚至上上个冬天的事，不一定再记忆犹新了。就连我自己重新看它们，都产生了读别人小说的新鲜劲儿。我又一次变成了自己的陌生人，这么值得庆幸啊，谁要做那种一成不变的自己？

诗人詹姆斯·迪基的一个反问令我记忆犹新。当时他在后台局促不安，手脚不知往何处放——他马上要在一档全国电视节目上露面。有人对他说："放松，做你自己。"他问："哪一个自己？"

不知道你在读我的小说时，会把自己贴近小说中的哪个人。我们其实都想成为我们确定的那个人，无数个我之中只有他最真。只可惜我们都比我们希望的要复杂，有众多侧面，还围绕着历久弥新的谎言。

所以，当你要求你的一个朋友把他的故事讲给你听时，谁知道是不是已经经他创作过了呢？

讲故事应该算是一门老手艺了。过去的冬天，人还不能躲在被子里用手机刷公众号，甚至很多人目不识丁。大雪封山，孤独的小镇上还好每家的炉火都烧得挺旺。暮色四合，人们围炉夜话，可以从人类起源讲到妖魔鬼怪，从乱世英雄讲到盛世佳人。

城市就显得过于刚硬了。

人们理性地选择自己的伴侣还有晚餐地点，飞机轻松地越过日期变更线还有季节，妖精和天使无处藏身。故事还是有人讲的，只是更多情节围绕着婚姻、收入、名人隐私。爱情，爱情只是电影院里最后那个"男女主人公从此幸福在一起"的远镜头，吃完爆米花后，就没人再相信。

那我写的这些，算是爱情故事吗？

我想了很久，才觉得它们是，不过不是完美的爱情。

完美的爱情恐怕并不值得写，这当然是从小说的技术层面上而言的。（好故事并不需要一个道德完美的角色。）

另一方面，也是更重要的一方面，那就是我们都是如此复杂的现代社会成年人，爱情到了今天，早就充满了杂质，就像充满了杂质的我们。

但年轻人似乎变得更世故了。这一点我必须说。除了让人焦虑的房价和就业形势，全球经济都在衰退，"明天"不再是具备无限可能的代名词，前些年火热一时的旅行类书现在也卖不动。大量安于两室一厅的男女远离了爱情的风险和戏剧性，少数欲望过盛的人又直接跳进金钱与情欲的轮转机，这是他们自选的梦境。在这个梦里，他们觉得自己可以变得扁平。

但是不要小看爱情的膨胀力。

脱离了生存焦虑，一个真正的情人形象就又会重新有血有肉。爱情纯粹的那一面突然闪烁起来，我们希望有一个人爱上的是我们的灵魂，或者毫不犹豫地亮出他盒中的戒指。又或者，在富足而无聊的日子里，轻率的爱情总是依次升腾又逐渐消隐。

曾有人慌张地跑来找我，觉得她的经历足以写成一部小说。

但大部分都是被前人写过无数次的老把戏。没有人应该活得像一部小说，因为哪怕再老套，如果真实发生，也足以将一个脆弱的人摧毁。卡夫卡警告过我们，倘若在寒冷的冬夜被人按响门铃，一切都将无法挽回。那匹非人间的马，不是随便某个人就能驾驭的。

> 冬天对某些人是难闻的烟和夜宿处的苦艾，
>
> 对另一些人是严重不公正的粗盐。

人生并没有任何读者与观众，如果我们产生了故事，那不过是亚力酒和蓝眼潘趣、葡萄酒和肉桂、烟和苦艾以及粗盐。

对，只是人生中的冬天。

我们可以阅读别人的故事度过它们。

> 啊，多想把灯笼挂上高柱，
>
> 在星星的盐下散步，狗跑在前面，
>
> 手上提着一只炖鸡去拜访算命人，
>
> 但尖锐的雪花嚼我眼睛，刺我视力。

我把曼德尔施塔姆的这首诗终于读完了。

诗与爱情总让我们在冬天感到好受些。

下一辈子做一棵树还是做一只鸟？你选的是鸟。　●————

如何让女人免于心碎

CHAPTER ❶

最先上的硬面包与最后上的奶油蛋糕

周小姐的自我修养

周小姐的自我修养

周小姐走在写字楼里的时候，没人看得出她是个"二奶"。

该打卡的时候要打卡，该被上司训的时候要低头。每月银行卡里进账四千五百块工资，周小姐也没有一下子把它"刷"成一双高跟鞋。

这份工作，是她的"金主"李先生托朋友为她找的。不起眼的写字楼里挤满了不起眼的小文化公司，周小姐做事的那一家，只是密密麻麻中的一个。她在行政部里替老板订订机票、酒店，给员工们做做考勤，有时候也草拟一些小会议的文件。"你就只有大专学历，我不能让朋友给你创意总监的位子吧。"李先生当初就是这么对周小姐说的。

周小姐今年三十三岁了，对于一名情妇来说，这已经不是最好的年龄。今年是她和李先生在一起的第八年。周小姐身边许多人的婚姻都没撑到第八年。

除了真的培养出了堪比夫妻的感情以外，周小姐认为，还缘于她的自我修养。

李先生回家进门，她第一时间将拖鞋递来。李先生要吃夜宵，但不吃油腻易发胖的，周小姐一般准备海鲜粥配素菜包，或者煲些时令的汤水，夏天做冬瓜薏仁排骨汤，冬天做当归山药乌鸡汤。李先生在浴缸里泡澡时，旁边一定已备有烟灰缸。从浴室出来进卧室，床头又有烟灰缸，还有刚泡好的洋甘菊茶，电视都调在了他常看的那个频道。

一个男人，被伺候成这样，浑身一定很舒坦。说来有人不信或觉得好笑，这八年，周小姐竟几乎没在李先生面前放过屁。

李先生的日常开支，周小姐了如指掌。每个月汇回台湾那边的家用，都是周小姐去银行办理；回台湾时带给太太和女儿的礼物，更是由她置办、挑选。

一次李先生去日本出差，临近春节，周小姐提醒他不妨在日本买好给太太的礼物。李先生无奈："我不知道她的任何尺寸还有喜好。"周小姐就说："那就买丝巾，丝巾总是不会错的。"

李先生其实并没有多少钱，他只是一个比周小姐身边的普通男人经济要宽裕些的中年台湾人，在北京没有房也没有车。不过他能让周小姐用得起 SK Ⅱ，一年买一两个路易威登或者巴黎世家的包，租下一套还算体面的公寓。出门他倒是有公司的车接送，但周小姐上班打不到车的时候，一样得挤地铁或者公交。

所以，那个在公交车上提着真路易威登包的女人没准儿就是周小姐。

刚开始的时候，李先生并不赞成为周小姐找一份工作。女人经济独立是很可怕的事，尤其是对一名情妇来说，哪怕区区四千块，也会让她产生许多不必要的人际关系和想法。但公寓里逗猫的日子过一两年还可以，长了谁都会发疯。更何况，他没有那么多钱让他的情妇天天血拼、参加派对、住五星级酒店、吃下午茶度日。而且李先生一个月里有一半的时间都基本出差在外。

如今把她安排在熟人的小公司，最终是件两弊相衡取其轻的事。

周小姐站在菜市场里买菜的时候，没人会觉得她是个"二奶"。

用刚修过的指甲戳戳鲍鱼的肉身，拣最新鲜的几只过秤，再转头要二两鲜香菇和小芹菜："今晚我先生回家吃饭。"在小菜贩面前，周小姐可以大大方方地称不在场的他为"我先生"；别的时候，无论在不在场，他都是"李先生"。

晚上吃鲍鱼粥的时候，李先生说："景娴上个礼拜骑摩托车载小朋友去补习班的时候滑倒了，两个人都受了伤。"周小姐问："伤得重不重？

那下个月的家用要不要提前打过去？"李先生不响，周小姐也没再说话。

到下个月给台湾汇家用的时间，周小姐说："那笔打算拿给我买甲壳虫的钱，你先拿去给景娴，天天骑摩托车送小孩真的不安全。钱我已经打过去了，你再给景娴打个电话，让她务必要选合适一点的车型。"

李先生不多作声，回头又送了周小姐一瓶香奈儿的邂逅。

李先生走后，周小姐把香水砸烂在卫生间里，后来又跪在地上拿消毒水擦洗了许多遍，浓香在屋子里还是久久没有散去。

相安无事两个月后，周小姐有一晚没有给李先生那边的床头柜上放烟灰缸，李先生说："Honey，你忘事了哦。"

周小姐平静地说："我怀孕了。"

李先生正处于事业转轨阶段，在内地一直没有完全属于自己的事业，在别人的公司里职位做得再高，也不过是个打工仔，他跃跃单干，但前期的资金准备让他捉襟见肘。李先生不想把这些苦恼通通倾诉给周小姐，但昂贵的赔偿眼下是拿不出来的，他只好缓缓地说："身体好一点后，要不要去学一下车？给你报个豪华班，你总得先会开才行。之后，看你要不要陪着我做生意，我身边也真的需要一个会开车的人。"

给不了足够的钱，那就给足够的可能与时间。

周小姐不再说话，她也没必要把李先生榨干。何况她根本就没怀孕，她知道景娴很有一些手腕，她不过就是想还之彼身。

日后，周小姐高高兴兴地去学了几个月的车。

再后来的一天，周小姐发现这次的例假真的没来。

这次，是真怀孕了。她想起来，上个月她有一天忘服避孕药了。

她不敢再告诉李先生，这次是她的全责。在懊恼地捶打小肚子的时候，她突然想起一件事，这已经是她第三次为李先生怀孕。今年她已经三十三岁了，如果这次再拿掉，也许她再也做不了妈妈。

一个难演的剧本不是一天就能编出来的。八年时间，足够安插无数个离开李先生的机会，但周小姐都没有成功。一个普通女人身边，有钱的好人出现的概率不会太高。从一开始，李先生就没有隐瞒过他的婚姻状况，后来他身边也不是没出现过更年轻的女孩子，但他一直选择周小姐。是周小姐，没有再遇见比李先生对她更好的人。

两个人，也就这么相依为命下来。

这个孩子要不要？如果要，她就做了身为一名情妇最"大逆不道"的事，未来将变得不可期。李先生的脾气和经济能力，周小姐不是不知道。

周小姐没有再去驾校。

但床头柜上的烟灰缸她也没再替李先生收起来。

日子天天寻常过。

但全世界只有她一个人知道，她肚子里的孩子现在已经有三个月大。她让宝宝替她下了决心，过了三个月，就不能再做人流了。

李先生躺在床上抽雪茄。电视里，小 S 正大着肚子主持《康熙来了》。

周小姐盯着电视屏幕说："我肚子里有宝宝了。"

但她没说这个宝宝的月份。

四下无声。周小姐盯着小 S 的肚子，突然不甘心地问："怎么办？"

李先生灭掉雪茄："看你。"

但李先生第二天就飞去了菲律宾。其实他也不是故意要躲得远远的，自己新做的生意，阵地突然要转至南洋，而他不过是把飞往马尼拉的机票改签得提前了两天而已。

这的确是未来生活某种可能性的预演和警告。周小姐知道，如果她有了孩子，她就不能再做李先生随手就能拎上，可以陪他辗转各地的一只行李箱。

周小姐去医院做了第一次孕检，胎儿的一切都很健康。

看着小区里到处乱跑的小孩，周小姐突然哭了。

她真的想做妈妈了。

这个念头战胜了一切未卜的前途。

电话里，周小姐斩钉截铁地告诉李先生："这个孩子，我一定要生。"

李先生半天没说话，最后他不得不说："我的大女儿，明年就要上大学了。她想去日本念设计，我没答应。"

李先生给不了她比现在更好的生活。又一个孩子的到来，将拖垮这八

如何让女人免于心碎

年悉心维系的感情以及两岸的物质平衡。李先生也许不会因为这件事立刻离开她，但是他们的生活面貌将不复从前，李先生不会成为受益者，但周小姐一定会成为受害者。

周一，周小姐浑浑噩噩地去公司上班。老板把她叫进办公室，一番婉转后，言下之意是她只能做到当月月底。

"是李先生的意思吗？"在老板面前，她不用遮拦。

"不是。是我的意思，李生不知道。公司有些问题，撑不了太久了，先一步裁你，多少可以拿点补偿，算是我对你和老李的一点心意。到时候，他们走，没有的。"他用下巴指指外面。

周小姐不语。老板依然笑眯眯："不过，老李转去了菲律宾，你不在这儿做事了，正好跟过去，时间上倒还挺衔接。"

周小姐一副恍然大悟的样子。她不是接纳了自己失业，而是突然意识到，月份再大一点，她挺着个大肚子，还怎么能来上班？

中午吃饭的时候，周小姐无精打采地拨弄着快餐盒里油腻的鸡翅。宝宝很懂事，她至少没有太严重的早孕反应，不会突然哇的一声朝厕所奔去。

刚毕业的小郑在公司里与她亲近一些。周小姐做考勤不为难员工，小郑有两次上班时间跑出去办私事，周小姐知道，当作不知道。但小郑是知道的，由此把周小姐当知心人。

"姐姐，你没食欲？"

"嗯，最近身体不舒服。"

"那要不要请两天假休息一下？"

见办公室里四下没人，周小姐对小郑小声说："我就做到这个月月底，也就是下周。这两天得把你们的考勤都做出来，该交接的工作要交接，不方便请假了。"

小郑睁大一双稚嫩的眼睛，周小姐没忍住，多嘴一句："你要有空，不妨也看看外面的机会。"

精疲力竭地回到家，一口热水也没人烧给她喝。

周小姐在沙发上坐了半晌，突然想起了自己的妈妈。爸爸去世后，妈妈就改嫁了。她没有去接近过妈妈的新家庭。这些年来，妈妈和她，都是各讨各的生活。

她知道，妈妈什么都帮不了她。但是，当她有了孩子的时候，她突然想起自己也是妈妈的孩子。

此刻，她想她的妈妈了。

月末交接完毕，小郑走过来说："姐姐，我请你吃顿饭吧。"

小饭馆里，小郑对周小姐说："姐姐，其实你的事，我们都知道。"

周小姐心头一颤，但脸上还是保持了一个心平气和的微笑。同事们虽然知道，但是从没有任何闲言碎语传进她的耳朵里，任何指指点点也都没让她看见，周小姐觉得，这已经是一种善待。

"但你是个好女人。"小郑扶了扶自己的眼镜，"而且你这么聪明能干，去大公司一定有大发展，一定能过得更好。"

周小姐懂她的意思，抿嘴笑了笑："小郑，我其实只有大专学历。"

小郑突然没有了话说，周小姐就说话："那你这么着急辞职，是干什么呢？下家找好没有？"

"没有，不想找了。毕业就开始实习，到现在都没清闲过，正好，就当是补个毕业旅行吧。"

"你有想去的地方吗？"

"还没有。"

"那我们俩一起去旅行怎么样？"

小郑激动地叫："好啊好啊，你说去哪儿就去哪儿！"

小郑陪周小姐一起去了一趟昆山。

一路上小郑都很照顾周小姐，因为她把怀孕的事告诉了小郑。这次去昆山，主要就是去看周小姐的妈妈。

和妈妈见面，是在街上随便找的一家咖啡店。

怀孕的事，周小姐直接说了。她和李先生的关系，妈妈是一直都知道的。

妈妈哭了，擤完鼻涕，从皮包里拿出一个信封："我以为这次你来找我，是跟他分了，生活有困难，所以我准备了点钱。这是我的私房钱，就只有这么多。一些事情，曾经是妈妈该做的，但是没做，到现在，做不了了，也没资格做了。你把钱收着，这件事，还是你们俩商量着解决，妈妈能做的只有这些。"

周小姐看了一眼信封里的钞票，顿时哭了。不是太多，是太少了。妈妈竟只存下了这么一点钱，她舍不得收下。

晚上小郑出去买了一笼灌汤包带回旅馆给周小姐吃，周小姐吃了两口就腻了。李先生晚上十点钟例行打个电话过来。小郑立刻关掉电视的声音，只静静地嚼着嘴里的包子。

李先生说："我听阿钟说，你不在他那里做了。"

周小姐说："是他让我走的，公司好像出了点问题，也快要散了。"

李先生说："那你就在家好好休息。"

周小姐不语。

李先生说："我在马尼拉还有重要的事要处理，什么时候能回去，现在都说不定。"

周小姐说："我知道了，那你也保重身体。"

回到北京后，周小姐每天都躺在床上度日。孕妇本来就爱睡觉，又一时对人生心灰意懒，更不想起身伺候自己吃喝。做个梦，都是有人拿着刀要剖开她的肚子。

这天中午，突然一个电话打了进来，适时地打断了她的又一个噩梦，是前老板阿钟。

"钟总，找我有事？"她揉揉睡眼，但声音还是迷糊的。

"小周，我有件事想和你商量一下，晚上一起吃顿饭？我六点开车来接你。"

钟总这时候来找她，有点莫名其妙。她洗了澡，换好衣服，吹好头发，出门犹豫良久，还是狠心选了一双高跟鞋。

周小姐走出大门的时候，没人看得出她是个孕妇。

"你现在缺钱花吗？"钟总专心地切牛排，像问天气一样随意。

周小姐警觉地抱住自己的两条胳膊："我觉得还行吧。"

"小孩恐怕会觉得不行。"

周小姐愣住。

"你怀孕的事，我知道了。小郑是我的外甥女。"钟总用餐巾抹了抹嘴角，"她昨晚还在我家哭，要我帮你。"

周小姐笑了笑，低头拿叉子戳戳牛排："她还是个小孩子。"

"小孩要不要生，是你的事，不要说我管，老李也是管不了的，但你应该管一管老李。"

周小姐静听下文。

"他如果在菲律宾把生意做成，以后就没必要多回内地了。你想一想自己。"

周小姐的牛排一口也没动。钟总拿过周小姐的刀叉，帮她一一切好："我想要老李的一份标书。事成，给你酬劳三百万。要小孩，或者不要，你都用得着。这笔账无论怎么轧，你都是赢家。"

吃完饭，钟总替她拉开椅子，小心翼翼地将她送回家。这是她怀孕以来第一个把她当孕妇对待的异性。

坐在自家沙发上，周小姐胡乱按着遥控器，卫星电视里正在播台湾新闻。她心底盘算着，就算李先生在菲律宾的生意失利，重回内地营生，他一样也会老，老了就不会不回到台湾的妻女身边去。更不消说他若在菲律宾事成，就此常驻南洋，那她恐怕就是第二个景娴。

果然算来算去，她都应该要那三百万。

为了孩子，她心意已决。周小姐想，她是情妇，又不是圣母。

她老了，身边总要有一个人陪伴。

但她没想到李先生这么快就回来了。

刚去楼下买了一点青菜，开门就看见李先生的那双皮鞋。再往前，是桌上一堆盒子与塑料袋。

"我从你喜欢吃的那家杭州菜馆门口路过，给你打包了一些，中午饭不要做了。"

他今天没有抽烟，烟灰缸里是干干净净的。

周小姐振作精神，把饭菜都拿进厨房，装进适宜的盘、碗里，该摆好的摆好，该加热的再加热一下。

"不要再弄了，"李先生捉住她的手，"吃点便饭嘛，别那么麻烦，晚上再好好做点东西。"

晚上是李先生好好做的东西。原来他也能下厨，不多时就捧出一钵鸡汤、一盘上汤青菜，还有一碟白灼虾。

他依然没说要这个孩子，但他的所做所说都不像不要。

晚上，李先生进浴室洗澡。周小姐打开了他的公文包，找文件之前，她首先看到的却是一瓶孕妇维生素片。

他揣着一瓶药片的心情，也许和揣着一枚求婚戒指的男人的心情是一样的。

周小姐突然流下了眼泪，合上了他的公文包。

原来每个人都要做出选择：是满足一千个欲望，还是仅仅战胜一个呢？

后来，周小姐把孩子生下来了。宝宝健康可爱，一逗就笑。

其余的事，周小姐没有再对我讲。

她说，那些都不重要了。

但我希望周小姐能过得好。

最佳周末早餐伴侣

曾经说好的，到三十岁生日，就考虑结婚大事。

程本三十岁生日那天，去他家之前，我先去理发店做了头发，穿着早已买好的高档白色蕾丝裙。程本给我开门的时候，头发乱糟糟的，但他明显很愉快："今天终于睡了一场舒服的大懒觉。"

在一起五年，如今我们已经很少再去外面的餐厅约会吃饭了。我上门之前，本匆匆叫了一家意大利餐厅的外卖，送餐员几乎是跟在我后面一起进来的。我同一只只塑料餐盒一并摆进本的餐厅里，谁都没有再发出声音。意大利面在密封的餐盒内盖上凝聚出一层水汽，他扭头盯着电视。刚才，是我主动开口问："你忘了？三十岁生日讨论我们的结婚大事。"

我给了他一点恍然大悟的时间，毕竟他差点把自己的生日都给忘了。

但本很诚实，他诚实得近乎可耻地回答我："可能……我还是没有准备好，人到三十，不会自动就准备好，我以前以为我能。"

我想把意大利面还有沙拉扔到他的脸上，甚至想动手打他一记耳光。一个女人，已经卑微到自己开口求婚的地步了，男人却在一堆外卖盒里回答说，他准备了五年还没有准备好。

我说完"那也就剩分手这条路了"便下楼了，外卖盒一动不动地留在餐桌上。

我不知道有多少女人拥有和我一样失去自尊的恋爱结尾。这个男人看起来并没有做错什么，分手或许是女人自找的。我把车开得时快时慢，大雨始终在身后跟着我，一个突然的转弯处，一时没来得及反应，车撞上了护栏，车前灯灭掉了，我待在车里，非常想像一个柔弱女子那样大哭。

如果不是自己性急，结尾会不一样吗？我们终究会在一起的吧。收回那些话，此刻应该是坐在他家灯光昏暗的餐厅里，一边吃烤土豆皮一边冲电视里的无聊综艺节目大笑。可我并不是那种类型的女人，我始终需要光明磊落的答案，只允许自己有前进与后退两条路，我没有许多女人那种潜移默化的本事。

就像我也做不出来在车里大哭这样很像电视剧的事，更不会再给本打电话求助。我发动前灯坏掉以及不知哪里还坏掉的车，慢慢地往前开，重新开始自己一个人的生活。

"好像是太冲动了一点。"朋友们都这么说，我说："你们都闭嘴。"但他们又说，本是一个很好的人，为什么不再给他一点时间？还有人说我谈恋爱只想着结婚，是十分不独立的女性。

现在的周末，我已经不再叨扰这些朋友，起床后简单刷个牙，就素面朝天地去楼下的面包房吃早点。那家面包房宽敞明净，装修品位也算不俗，卖各类欧式硬面包；但是咖啡极难喝，店内只有一台小小的家用咖啡机，一杯咖啡十五块，店里的两个咖啡座几乎没有人坐。

这天早晨，我突然十分生气："既然开了这么一家堂而皇之的面包房，卖的还是不讨中国人喜欢的欧式硬面包，就不能配一台好点的咖啡机吗？做出来的咖啡跟洗锅水一样难喝。"收银的店员木木的，找了钱后，还是慌里慌张地做咖啡去了。我到窗边的沙发坐下，对面一个喝咖啡看报纸的男人冲我微笑，并为我竖了竖大拇指。

他戴着一副斯文的银边眼镜，面前是一只吃了一半的黑麦面包圈，杯子里的咖啡并没怎么少："你终于说了我想说的话，我本来鼓起勇气打算下礼拜再说的。"

我匆匆一笑，只顾低头看手机，我三十岁了，但我竟然在一个帅气体面的男人面前没有洗脸、化妆。亚麻籽面包的碎屑纷纷掉在我的衣领上。曾经的二人生活，让我逐渐丧失了能随时打开求偶雷达的能力，面对陌生而面带善意的男人，我却又匆匆妄想着我们可能拥有的最后结局。我不可能再像一个雀跃的少女那般恋爱了。我总是在想自己的体重、颧骨上突然出现的雀斑，还有婚姻。

面包房换了一台商用半自动意式咖啡机，服务员说，是一位客人送过来的，他们目前还没有学会操作。

应该是他买的吧，我想。然后，我对服务员说，我会使用这种咖啡机，上大学时我在咖啡店打过工。在我给自己做好一杯咖啡的时候，他就进来了。

"不算单纯是为了你，主要肯定还是为我自己。"咖啡机果然是他买的，算是借给面包房用。

偶尔他也亲自做咖啡给我，但后来店员都能自如地使用，咖啡机看上去像只为我们两个人服务。他很自然地介绍自己叫林聪木，我说我叫杜骧。

之后我总是很期待每个周末能去楼下的面包房吃早餐，我与他交替着早到，有时候面包都还没有烤出来，两个人便空腹喝着咖啡。他说他有一个一岁半的儿子，而妻子不喜欢吃这种硬面包。我说，的确，现在国内流行的面包，其实是根据日式甜面团研发出来的，算不得真正的面包，而且高油、高糖、高热量。大而硬的欧式面包虽然健康，却不大符合国人的口味。

"真不希望这家店倒掉啊。"我看向透明的后厨，那里有一个面包师孤单而专注的侧影，内心突然就变得凄楚起来。

之后回家，缓缓爬着楼梯，打开门，就觉得自己跌回了原处。我轻易地就被一个男人撩动了内心，或许他自己都浑然不觉。可能离开本是对的，或者我是一心想快点找到一个比本更好的男人。林聪木是一个很好的男人啊，做一个周末早餐伴侣总是不错的，后来他偶尔也会谈到他调皮的儿子。本一直没有再联系过我。

后来的一天早晨，聪木的妻子也出现在了面包房，很明显，她又怀孕了，旁边还有一辆藏蓝色的婴儿车，聪木逗着车里的孩子。那一天不知为什么，我没有选择堂食，而是拿上自己的面包便匆匆走了，甚至没有跟聪木打招呼。

出门后不久就听见有人在身后叫我："杜骧，杜小姐，你等一下。"

一个男人小跑着到我面前，气喘吁吁地说："不在店里喝一杯咖啡吗？我想听听你关于面包的意见。"

面包房是林聪木的大哥开的。我走回面包房，他和他的妻子都充满善意地看着我。把我让到沙发座上后，他们便知趣地离开了。聪木的哥哥在我对面坐下，他外表并无什么特别的地方，但看上去格外老实，就像展示柜里的粗粮面包。

我回头朝后面的玻璃厨房看了一眼，那里有一个年轻的男生，穿着黑色厨师服，戴着白色高帽，也静静地看着我。我在少年的注视中似乎找到了某种依靠，喝了一点咖啡，等着面包房老板开口问我。

"聪木说，你是很懂面包和咖啡的人。"他近乎谄媚地同我寒暄着。

"对面包我肯定没有你懂得多。"我说。

"我并不懂，但我那个外甥一直在国外学烘焙，面包店是他执意想开的，我不过是出了点钱。"他也看了后面那个少年一眼，"我也觉得这面包硬，嚼得我腮帮子痛。"

我笑了笑，还没想好怎么回答，他又急着问我："你觉得我这面包店到底开不开得下去啊？"

少年转身走了，论理他是听不见我们的对话的。我说："不知道，要不你再多问几位顾客的意见吧，我觉得硬硬的面包还蛮好吃的。"我起身走向门口，他又小跑着过来递给我一张卡片："这是一张我们店的储值卡，里头有一千块钱，算是我的一点心意。"我惊恐地赶紧把卡片推回去，他又把卡片塞进我装面包的纸袋里，然后便把我挡在了店门外。

而我觉得，我不会再来这里买面包了。我也没有再迎来任何一场恋爱。也许是我现在真的变得太宅了，还是说，我从来没有正视过自己的年龄还有个人条件？和我年龄相仿的好男人早已纷纷走入家庭，剩下的要么太小，要么太老，要么就是喜欢二十岁出头的。一个人的晚上，我把泡面杯捧在自己的膝盖上，常常如此想来打击自己。

本依然没有打电话找过我。

后来的一个晚上，我做梦梦见去了本的家里。他垂头坐在沙发上，我苦口婆心地说："没事啊，我等你好了，或者我们不结婚，但是不要分手啊。"醒来后，我发现自己早就淌出了眼泪，在黑暗和空调吹过来的冷气里，哭得越来越无法自已。这是离开本后我第一次在长夜里失声痛哭。

我拿过枕边的手机，发现有两条新微信，解锁后看见真的是本发来的。也许在梦里，大脑对熟悉的恋人依然拥有某种穿透梦境的感应力。毕竟我们是头碰着头，曾睡在一起度过无数个夜晚的人。本说："骥，之前订的演唱会的票寄到我这里来了，你还想去看吗？如果你想看，但不想看见我，我可以不去的。"

后面一条是："明天上午我就把两张票都给你快递过去。"

如果我不回复他，那么我就真的失去和本再见一次的机会了。当然，我也可以现在就爬起来，跑到本的家门口使劲敲他的门，进门之后迅速钻进他那邋遢却异常柔软的被子里。但是，我做不到。我觉得只要我这么僵硬下去，或许就能让本下定决心，不管是决心在一起，还是真的彻底分开。而我至少不会失去重新开始的机会，不管是和谁重新开始。

我和本的确是互相喜欢互相依恋的，但是我们彼此都没有达到非对方不可的那种地步。而我为什么就敢做出决定，坚持要与他组成一个家庭呢？我自己都不明白。本或许是没想好，而我，恐怕是从来没想过吧？

之后的周末早晨，我喝下一大杯水，换上运动装就下楼绕着小区跑步。偶尔我还是会刻意从面包房外跑过去，那台咖啡机还在，有一天还碰见面包少年站在店外头抽烟。我跑步的时间总会早于面包房的开张时间。我不想碰见聪木，也不想碰见聪木的大哥。我没有忘记本，可我也没有忘记那个坐在我对面喝咖啡的陌生人。

等我跑到小区北边的车库出口时，一辆白色的 SUV 从地下缓缓盘旋上来，然后便一直跟在我后面，不过它很轻易就开到了我的前头。"杜小姐？"车窗降下，是林聪木，"最近怎么不见你来面包房了？"

我一边跑一边笑："最近在忙着减肥呢，不太吃淀粉食物了。"

之后，他也没有要迅速开走的意思，短短的犹豫过后，他又对我说："可以借你五分钟吗？有一件事，我很想对你说。"

我喘着气，坐在他的副驾驶座上，他有点不好意思地双手扶着方向盘："是关于我哥。你很久都没来吃面包了，他很失落，本来已经不想开面包房了，那阵子因为你常常来，他又决定要开下去。我便买了一台咖啡机，算是帮他留住你。"

我没有说话。

"看来，并没有什么用啊。"他自己笑了笑，争取化解车内的尴尬。

"很抱歉，我对你哥并不了解，目前，也没有要了解的意向。"我话说得太直，所以也不敢看向他，只能注视着他手边的一只北极熊玩偶。

"哦，那我明白了，打扰到你，很抱歉。"

车急速地驶出小区，我跑回家，拉开冰箱门找水喝，这才发现贴在冰箱门上的演唱会门票时间就是今天。本在发给我微信的第二天已把票寄给了我，而我直到今天都没有想好应该将另一张票怎么办。

我想我也可以去本的家，亲手把票拿给他。我始终认为他还维持着那天乱蓬蓬的发型，打开门后，用愉快的表情对我说："骧，你来啦？"中午饭我也不想再吃了，总觉得这会是个意义非凡的晚上，尽管我还没有想清楚到底应该发生些什么。

我洗了澡，去附近的美甲店做了手和脚的指甲，就在我小心翼翼地用指腹滑动屏幕的时候，我看见了最近更新的一条朋友圈，是本发的，定位地点是斐济。

一个人是不会去斐济这种地方的，他在碧色的海浪边朝我笑着。没有一个人会安心地活在另一个人安排好的剧情里。我走后，他也可以很快乐地活着，就像我一样，时常就忘记了那个曾经的恋人的存在，甚至差点爱上一个有妇之夫。

从面包房门前过，面包少年毫无表情地看着我，他手里的烟还在徒劳地燃，却不抽。店里一个人也没有。

我说："我有五月天的演唱会门票，你想不想跟我一起去看？"

他说："谁要看五月天！"

我继续往前走，他在我背后大声问我："那我的面包怎么办？"

我给不了他答案。他扯下围裙，突然跑起来，然后搂住我的肩膀："面包不管了！"

排队进场的时候，我问他："你舅舅为什么喜欢我？"

他年纪还小，但已长得过高。他用黑漆漆的眼睛俯瞰着我："你是说哪个舅舅？"

"你觉得应该是哪个舅舅？"我仰脸瞪着他。

"我觉得没有什么是应该或者不应该的。"他笔直地看着前面，"我听说看五月天演唱会的妹子是最多的。待会儿，希望能牵起旁边妹子的手。"

"可以随便牵别人的手吗？"我问。

"阿信也许会说，让大家牵起旁边人的手。以前他就这么说过。"

可是那天，坐在我们旁边的都是男人，阿信自始至终都没说过让大家牵起旁边人的手这样的话。

我问面包少年："你知道斐济吗？"

在音乐声里他大声回答我："知道，南太平洋上的一个岛国！盛产金枪鱼！珊瑚差不多已经被人掰完了！"

我听了，非常想笑，却不禁哭了起来。我看起来一定非常像五月天的一个迷妹吧。

本的确新交了一个女朋友，有朋友主动跟我说，是那个女孩子主动追的本，本不一定会跟她长久。

无论是怎样开始的，新恋人出现，仿佛便无岁月可回头了。人人都说，难得我们是和平分手。我不知道我究竟是从哪里认识的这些朋友。

电饭锅焖出的米饭，我再没能一顿吃完过。后来我从网上买了一只一人份的微波蒸饭煲，在微波炉的嗡鸣声中，我常常对着里面缓慢旋转的蒸饭煲失神，突然不明白自己这是在做什么。"叮——"一声响后，解开盖子，看见里面晶莹的米粒，才会突然明白。

我其实一直没有接受我与本真的分手了这件事。

而我真的不再吃淀粉食物，只努力喝水，每天早晨围着小区徒劳地跑圈。我没有再操心过路线，时常从面包房门口跑过。而我也的确遇见过几次聪木的车，他会轻轻鸣一声笛，并不会为我降下车窗和速度。

面包房有一天挂出了转让告示。他坐在落地窗边的沙发座上，他很少坐在那里。看见我，他朝我挥了挥手。我拉开门，坐到他的对面，注视着他青涩的不爱笑的脸。

"真的不打算开下去了？"我问。

他点了点头："亏了很多，不能再亏下去了。我打算去台湾再学两年，跟那边一个很厉害的面包师傅学。"

安静中我有些无所适从，在这家我从来没有讨厌过的面包房里，全麦粉和酵母的酸香之气围绕着我，仿佛酝酿过一种重新开始的勇气，如今却慢慢冰冷和消散了。

"我不是不能做那种软软甜甜的面包，夹些肉松或者奶油，我不是不能。"他哭了，像一个真正的少年那样。我用胳膊轻轻拢着他，他哭得很伤心，比我曾经伤心得多。

那台意式咖啡机还默然留在原地，我起身做了一杯咖啡递给他。

"谢谢你，如果不是你，舅舅不会买这台咖啡机。"他说。

"那就让你舅舅把这台咖啡机转让给我好了。"我说。

在我不大的厨房里，这台咖啡机总是显得过于庞大。来过的朋友都说，我家搞得太像一家咖啡馆了。

"Cozy."莎莎一进来就评价道，"Where is Ben?"

莎莎是我的发小儿，前些年一直在国外留学不肯回来。

我说，我和本半年前就分手了。

屋角还有一台跑步机，我也很久不下楼跑步。后来，莎莎又自告奋勇地去替我打探，说本现在没有女朋友，已经是单身了。

"Come on，没有过不去的过去呀，我知道你不会这么容易就能放下本，重新在一起吧。"她揽住我的脖子，全身都是一种莽莽撞撞的乐观，就像那些跳跃在中文里的英语单词，有点做作，却又愉快而简单。

而我再见到本已经是深秋了。他坐在一大堆人中间，脸上浮现着愉快，就像当初跟我在一起时的表情。

"骧。"他先冲我打了招呼。

天气早就冷下来了，所有人点的还是冰咖啡。一群人在秋风大作中聊了很多。没有一个人看上去不快乐。后来大家都如组合好般两两乘车先走，最后只剩我和本还有一辆空出租车。

"先去你家？"我们俩同时说。

在沉默的后座，本的身上，已具有陌生人一般的气息。我又如刚认识他那般，对他不够了解，也无法捉摸。他移动手掌，把长长的手指覆盖在我的手背上。车窗没关，冷空气吹起我的头发，我用另一只手拂开它们。

"我们至少还是朋友，对吧？"我用僵硬的微笑注视着他。

"是，"他对我说，"生日快乐，骧。"

车开得时快时慢，大雨在身后始终跟着我们。那张一千元储值卡还贴在冰箱门上，以及五月天演唱会的票根。

碳水化合物让女人免于心碎

就像猫喜欢蛋白质的味道一样，人天生就被甜味——碳水化合物的味道所吸引。对于人类祖先来说，甜味对人的固有吸引是个不赖的生理机制，因为在那个时候，自然界绝大多数甜的食物都是无毒的。但是在21世纪的今天，这一切又变得不一定了。每一个劝你多吃碳水化合物的人都有些居心叵测。脂肪对于一个女人来说成了剧毒——由碳水化合物转化而来。在座的，便没有一个在那个问句后面吭气，于是章小元又问一遍："谁还要吃米饭吗？"桌上就只有周缕缕一个人举手说："我。"

章小元嫁给了大家在大学时都暗恋过的一位学长，去双方老家办完婚礼，又回城做了一场小型的答谢宴，专请大学同学和双方同事。酒足菜饱，女人们都抱住自己的胳膊，如今没有人会再吃主食。章小元大学时是那样平凡，现在的她前凸后翘，穿一件鱼尾礼服，要多风骚就有多风骚——没有几个女人的身材能撑得住鱼尾礼服。

等周缕缕把她的那碗米饭吃完，人走得也差不多了，邻座还剩一个男人在不紧不慢地抽烟。"过来陪我喝两杯酒。"他对周缕缕喊，也不知道他是新娘的同事还是新郎的同事。

周缕缕放下筷子但没动，男人长得有些像玉木宏，只可惜没礼貌，也没有酒量。他索性主动向周缕缕走去，刚走两步就栽倒在地上。

"对不起，我们要打烊了。"餐厅经理走过来对最后这两个人说。

"哦。"她赶紧站起来，戴上围巾，快速朝门口走去。

"哎，小姐，把你男朋友一起带走啊。"经理急了。

"他不是我男朋友，我不认识他啊。"她解释。

"我们可以帮你把他搀到门外，餐厅必须关门了。"经理说。

而外面刚刚下过一场雨，夜雾让空气更加潮湿。

男人在屋檐下还是不醒，周缕缕想走，又怕他这样躺在路边会被别人抢了。她掏出男人的手机，想从他通讯录里找个人，但手机有密码。周缕缕心一横，乱按了四个数字，屏幕竟然解锁了，手机却突然被人一把抢过去："你干什么，干什么拿我手机？"他挺直了上身，鼓着腮帮子，看样子是清醒了。

"你醒了就好，我被你连累到现在还没回成家。"她没好气地站起来，伸手到路边去拦车。

"我有车，你送我一下，行不行？"他看上去还有些痛苦，"对了，你会开车不？"

"我凭什么要送你？"她瞪他。

"你送了我，你再送你自己嘛。再说，能吃大米饭的姑娘，心地都坏不到哪儿去。"说完，他就开始吐，把餐厅门口搞得恶心极了。

吃过大米饭的人在三小时以后往往觉得很失落。像米饭这样的简单碳水化合物，在体内释放能量的速度相当快，于是血糖迅速升高，身体只好分泌大量胰岛素帮助恢复血糖水平，于是高峰之后便很快出现一个低谷，这时候人就会产生想摄入甜食或者含有咖啡因的刺激物的欲望，这种渴望的高峰就发生在进食三小时后。

三小时后，周缕缕已经把男人送回去了，自己也打车回了家。没有睡意，血糖引发的渴望就开始撩拨她。应该发生点什么的，她觉得，然后给自己开了一罐巧克力冰激凌。

随手破解一个四位数密码，毕竟是个小概率事件，发生过一次，可能就不会再发生第二次，她也再没有遇见过一个长得像玉木宏的醉汉。

后来，同学与同事给她介绍相亲对象，她不挑不拣，一一赴会。有合适的就相处看看，到了一定年纪就会明白，你怎么对生活，生活就怎么对你，别跟它玩小概率。她终于有了一个各方面条件都很匹配的男朋友，叫傅聪明。周缕缕觉得自己应该开始减肥了，没有一个女人想在自己的婚礼上显得膀大腰圆，戒掉精制碳水化合物是第一步。

　　周缕缕不再吃大米饭，她办了张健身卡，还请了私教，每天以西蓝花、鸡胸肉以及红薯度日，这都是傅聪明教她的。他虽然工作忙，但总会抽时间健身，饮食上也控制得严格，周缕缕不想在体脂率方面差他太远。

　　但本能总是能轻易摧毁后天的节制。许多次，她发誓今天不能再吃米面了，健身完食欲如潮水般袭来，她便一头扎进小饭馆或者甜品店，就像一个毒瘾发作的人。这个月，健身房旁边又新开了一家牛肉饭餐馆，她已经三过其门而不入。今天她真的控制不住，简直是把一张脸埋在海碗里，吃完了走出去，竟有些泪水涟涟——强烈的自我挫败感。

　　"小姐，小姐，你的手机！"她突然听见背后有人在气喘吁吁地叫她。她回头，不敢相信自己的眼睛，是"玉木宏"。

　　"是你……"他也愣住了，然后傻笑。但手机响了，是傅聪明打来的。"玉木宏"把手机递给她，屏幕上赫赫地亮着两个字——"老公"。

　　周缕缕把这通电话掐了，她结结巴巴地问："你……你在这边做什么？"

　　"这家店是我开的。"他指着身后的饭馆，然后手臂慢慢垂下来，"后来，我问了好几个人，还是没有找到你的联系方式。"他明明给她送来了手机，却说，"谢谢你，我叫肖汉。"

　　两人假模假式地握了握手，肖汉就转身回去了。他往前走，没回头，突然大声一喊："没事就来我这里吃饭！"

　　早在两百年前的《随园食单》上，袁枚就这样写："饭之甘，在百味之上，知味者，遇好饭不必用菜。"周缕缕可能已经遇到了属于她的那一碗好饭，在家里吃什么菜都食不甘味，傅聪明猛地一抬头："你健身，怎么越健身越胖了？"

她在外偷食，眼神不免有点闪烁："迈开了腿，但还是没有管住嘴。"

傅聪明哼了一声："小胖妞，别委屈自己了，运动只为身体健康，以后想吃什么就吃什么吧。"但这句话也许来得太晚了。

这天，周缕缕加班加到了快十点，去不了健身房了。走之前，她去公司的卫生间里给自己补了补妆，口红擦在了嘴唇上，后知后觉地笑自己：这是在干什么？

上一次见肖汉，她刚健完身，又狼吞虎咽地吃过饭，脸上一点妆都没有，估计是挺憔悴的。今天晚上，她重新推开牛肉饭餐馆的门，肖汉正站在厨房送菜口和厨师谈着什么，店差不多已经打烊了，椅子都倒扣在桌上了。

"缕缕。"他看见了她，连忙把她迎进厨房后面的私人工作室，"跟朋友合伙搞的小生意，图个乐子而已。"

她看见柜子上摆着各种各样的酒瓶，肖汉拿出一瓶喝了一半的红酒："我们真的太有缘了。"

周缕缕说："我酒量很差的。"

肖汉倒了一杯给自己："没事，你可以不喝，不然没人能开车。"他眨了眨眼睛。周缕缕背过身去，脸上有红晕，觉得自己又变成了一个怀春少女。

半瓶酒喝完，桌上的笔记本共播放了十九首粤语歌。后来他心满意足地钻进副驾驶位，说怎么也找不到安全带的插扣。周缕缕俯身去帮他找，在那漫长的几秒里，两个人能感受到彼此呼吸的温热，安全带的插扣找到了——就在他手里，然后他就吻了她。

周缕缕沉浸在那不疾不徐的吻里，心想，今晚回家，就给傅聪明打一个电话，她要直接告诉他，她坚持不下去了，因为她戒不掉一个人，就像戒不掉那些精制碳水化合物。

肖汉睁开眼，捧起她的脸："缕缕，我喜欢你。"

周缕缕觉得有些难过："可我有男朋友了。"沉吟半晌，她又说，"但是，我会和他分手。"

肖汉没有说话，一直微笑，刚才的吻有红酒的酸味，但他并没有醉："其实你也不用分手……我有太太，在国外。"

这么快就到了十二点，少女心又变回又冷又硬的南瓜。她扭头下车，把车门摔得嘭的一声响。

肖汉不解地追出来："缕缕，怎么了，缕缕？"

周缕缕没法儿回头看他，她觉得此刻的自己一定丑极了。

"现在，大家，"肖汉慌张地组词，"不都想得很开吗？我以为你也是这样的，不然，你为什么会再来找我？"

周缕缕想起了手机屏幕上的"老公"，还有肖汉当时没回头。

"缕缕，我们的缘分很难得，已经算是一种奇迹了！"他喊着。

对植物来说，碳水化合物的天然吸引机制也非常有用。植物把种子藏在它们的果实里，静静等待着动物们路过。当动物们吃了那些甜美的果实后，会在离原植株较远的地方将种子排泄出来，种子的外面，甚至还因此附上了一个"有机"的肥料包。而周缕缕也去了一个遥远的地方，全世界有一天突然长满圣诞树，却不再有属于她的礼物。她和傅聪明分手了，是她提出来的，也没说别的，只说另一座城市出现了一个更好的发展机会，她想过去，傅聪明便那样轻易地尊重了她的决定。在同一座城市发展，是从相亲发展成感情的无数客观前提里的一个。

新城市的餐厅里坐满了情侣，男人喝着红酒，女人娇笑着。周缕缕从那些光明的窗口路过，收到的是肖汉的短信："缕缕，对不起，我可能伤害了你。再也找不到你以后，我才发现我动了真的感情。你可以鄙视我，真的，但至少让我做你的一个普通朋友，行不行？"

可是周缕缕离开，不是为了让肖汉找不到她或者最终找到她。如果傅聪明可以挽留她，或者追过来，周缕缕觉得，这段充满了世俗理智的配对就能多那么一点点不理智，这才更像爱情吧。爱情和感情的区别，或许就是那么一点点的不理智，如同热红酒里须加的肉桂，口感不改，气味将产生巨大区别，女人从此相信这就是注定的爱，把其余的选择全都弃绝。

一年后，周缕缕收到的是傅聪明的结婚请柬。她早戒掉了精制碳水化合物，麻木地健身，已经能把自己塞进一条鱼尾婚纱。她决定去参加他的婚礼，不是去砸场子，而是争取去接一个花球。我们失去的都是侥幸，得到的，就是现在的人生吧。

她突然想吃极为甜腻的食物，这样的渴望好久都没有过了。周缕缕走进街对面的甜品店，给自己买了一只巨大的奶油蛋糕。碳水化合物带来的幸福感将是短暂的，但至少这样的放纵，后果只需要一个人来承担。

背叛男人的女人们

"知道你是破碎的"，仅是"知道"不足以让你修复那破碎。

——约翰·古德

1

桂桂看了半天，选了一张 Chet Baker 的 *Let's Get Lost*。

阿达问："什么时候喜欢听爵士了？"

桂桂说："只是被专辑名字吸引而已。"

"Chet Baker，年轻时是一个美男子，"阿达解开围裙，倒在沙发上，喝掉了桂桂酒杯里最后的那点桃红酒，"后来基本就被毒品毁了，还让一恶少敲掉了满口的牙齿。20 世纪 80 年代末，在阿姆斯特丹坠了楼，横死在人行道边，都没人知道他是谁。"

"所以这是在警告 get lost 的代价吗？"桂桂翻到 CD 的背面，以为那里会有这个爵士演奏家的生平。两人抬眼对看，都扑哧一声笑起来。

Chet Baker 还是一遍遍地唱"Oh, oh, Let's get lost"，佳纳推门进来，也没打招呼，一声不响就钻进了她的卧室。

"她现在真的特别烦人。"阿达对着已经空荡的门口，还是忍不住翻了个白眼。

"你是不是有了老二以后就偏心了？"桂桂把酒杯又拿回自己面前，"不能这样。"

"老二的确乖啊，吃饱睡足后就基本不闹腾人了，另外那个小人儿可真是能拿一千件事来烦你。"

过了十分钟，保姆带着老二小谷也回来了。她们什么都还不知道，保姆便兴冲冲地汇报，佳纳在电梯里尿了裤子，所以就先回来了。

佳纳已经上小学三年级，算是一个小少女了。

阿达腾地站了起来："我说她怎么一声不吭就灰溜溜地回房间了！"

佳纳这时候也跑了出来，冲着保姆大叫："您就连这点秘密都不愿替我守住吗？"

阿达到佳纳的卧室，从床底下搜出一条湿透的裤子，桂桂熄灭才抽了一半的香烟，让佳纳到她的身边来："阿姨给你从韩国带了礼物。"

她从自己的手提包里取出一只天蓝色小纸袋，里头有许多枚精致时髦的发饰。"先给你戴上一个。"她取了一只翠绿的蝴蝶结样式的，夹住了佳纳额前一绺毛茸茸的头发。

但阿达不管那么多，执意把佳纳扯到了客厅中央："你以为这件事就能这么蒙混过去？"

佳纳嘶吼、挣扎，礼品袋里的东西掉了一地。她偶尔瞥向桂桂，更觉得自己受到了莫大的羞辱，因为在桂桂眼里她从不是小孩子，所以她今天受到的是身为一个女人的羞辱。

"您怎么是这么粗暴的一个人？根本没有一个女人、一个母亲的优雅！"佳纳还在大喊。小谷趴在地上，把那些亮晶晶的东西都捡进他小卡车的车斗里。桂桂不禁笑了，阿达气得差点说不出话来："你……你看见哪个母亲优雅，你就跟她去！你最近又在看什么鬼电视剧，是不是？成天脑子里不晓得都装着什么东西，你看你哪点像个小学生？"

桂桂只好认真听 chet baker 唱 "you don't know what love is"，别人教育子女的时候，做客人的最好有自知之明。

佳纳重新换了一身衣服，带上小谷又下楼玩去了。保姆不放心，只好也跟着去。家里重新只有桂桂和阿达。她们是许多年的朋友，早可以自在地沉默。桂桂喜欢抽烟，阿达只好不停地喝酒，像两个突然就有了皱纹的寂寞女大学生。

"晚饭还是你做？"

桂桂眯眼点了点头。

"只有你来的时候，我能享受几个小时的饭来张口。"阿达委屈地叹气。

桂桂至今还没有结婚。

阿达从不在结婚生子方面拿陈词滥调劝她，这的确是一个真正好朋友的做法，桂桂是这么认为的。而阿达自己也明白，她和桂桂是截然不同的两种女人。她靠在婚姻的船舷上，目睹另一个女人近在咫尺的漂荡，还有许多段无济于事的恋爱。她偶尔上她的船来，东瞧瞧西瞅瞅，又回到她心甘情愿的无所依傍里。

阿达又说起 Chet Baker 的一部爵士纪录片，影片开始是一片椰子树的镜头，海滩上还有个女人在不停地转圈，后来又演了什么，就完全不记得了。

桂桂不吭声，一边抽烟一边看向窗外，爵士只是她抽烟的背景音乐，她才不要去了解这个什么 Chet Baker。

修展今天回来得有些早，开门时微微皱了一下眉。他向来讨厌烟味，空气里还有被随意播放出来的音乐，那是他最珍藏的唱片。

阿达说："桂桂晚上给我们做法式红酒炖牛肉，还有盐烤秋刀鱼跟芝麻菜沙拉。"

修展朝桂桂笑了笑："那就辛苦你了。"说完便进卧室去了。

红酒牛肉在烤箱里已经炖了差不多三个小时，把它端出来后，就可以把腌在冰箱里的秋刀鱼放进去，220摄氏度的上下火，十五分钟就能好。桂桂放下酒杯进了厨房，过一会儿又问阿达柠檬在哪里。

李修展不喜欢吃这些假模假式的东西，而且桂桂知道这一点，但桂桂和阿达都无所谓，她们在一起，就煮一切她们爱吃的，何况孩子们也爱吃。不过修展对一切好恶的流露向来都适可而止。他在一所著名大学里教传播学，时常出现在一些热点新闻的画面里，记者总是打电话给他，或走进他的办公室，需求他发表对某流行事件所谓的学界看法。他在电视里也板着一张脸，回到家依然如此。有时候家里会突然出现两张一样的脸，阿达和桂桂就朝着电视机前俯后仰地大笑。桂桂向来不怎么忌惮这个冷漠的男主人，她从小就是成绩差但长得漂亮的孩子，早就不抱希望能取悦一个老师。

或许只有阿达这样的女人能欣赏修展某些方面的好吧。桂桂看了她这个老朋友一眼，把烟灰缸里一堆沾染了口红的烟蒂抖进了垃圾桶。阿达是一以贯之的优等生，上过名牌大学，进过很好的企业，现在成了全职主妇。在容貌方面，阿达是比不上桂桂的，但桂桂知道，像李修展这样的人，会选择的一定是阿达这样的女性。

桂桂和修展彼此都看不上，彼此都了然于心。

吃饭的时候，阿达把佳纳尿裤子的事又讲了一次。两个孩子这时候都在有模有样地学着用刀叉吃东西，幻想自己身处从电视机里看到的某个浪漫情境，但尿裤子的事把模拟出来的气氛都毁了。佳纳发了脾气，把沉重的刀叉扔在桌上表示不吃了，但叉子又碰倒了修展的酒杯。

修展也生气了，对佳纳说："如果不想吃就别吃，回自己的房间去。"佳纳看了桂桂一眼，桂桂只能沉默地对她微笑。她垂头丧气，重新做回那个听命于人的孩子。

没有了佳纳的喧闹，餐桌上只剩下一个唠叨、照顾儿子吃饭的母亲，当然还有沉默的李修展。桂桂也沉默，却不会把酒杯同修展的碰在一起。有修展在的时候，桂桂越发不痛快。他从来不会从阿达那里分担任何一点家事，孩子好像是只要浇水就能生长起来似的。李修展迅速把饭吃完，挪开椅子，进书房了。桂桂看了看表，觉得自己也该回去了。

2

阿达又开了一瓶 2000 年的夏布丽白酒："反正是别人送他的，他老不喝。"

桂桂接过来，把它插进冰桶，菜其实已经吃完了，两人依然逗留在餐桌旁。这是又一个周六的晚上。孩子们被保姆带下去玩滑板车，修展有应酬，估计半夜才能回来。

"你和你们那个 VP（副总裁）真的……就……那样了？"阿达打着酒饱嗝，吃力地问道。

"那样又怎么样，我都这个年纪了，难道还会有什么天真的想法？老在一起出差，这样的事迟早要发生一次，发生了，我反而痛快了。"桂桂闻了闻她喝过红酒的杯子，让阿达再给她拿一支新的。她什么都跟阿达讲。

阿达说："现在修展对那件事已经没了兴趣。"

"毕竟都两个孩子了，让人家缓缓嘛。"桂桂笑她。

阿达起身，赤脚走到阳台上的一组吊柜前，打开了上面的柜门，里头是一座隐秘而精巧的佛龛，奉着一尊慈眉善目的菩萨。

"他说他现在十分在意修身养性，不是不想，乃不为也。"

然后两个女人就爆笑起来。佳纳这时回来了，她打开电视，想待在她们中间。阿达呵斥她去卫生间洗漱，说"这都几点了"。

"你对佳纳是不是太粗暴了？她毕竟是个女孩子。"等佳纳走开后，桂桂说。

"那是你没养她，顶多一个月才见她一次，这孩子，已经到了最招人烦的年纪，有时候我真是烦她烦进了头发丝里。"

桂桂没有再说下去，是的，她当过女儿，但还没当过母亲，不过她至少懂远香近臭的道理。

阿达摆弄起茶几上的 iPad，壁挂电视突然切换到了一部韩国电视剧。

"你怎么还看起韩剧来了？"桂桂笑。她们上学时都不看韩剧，瞧不起那些哭哭啼啼的男女，爱得要死要活，在一起了却不过老老实实地聊天，小心翼翼地亲一亲，大男大女的，却没有正常的性欲。桂桂瞟了一眼柔光滤镜中的美女俊男，此时画面中竟突然出现一架军用直升机。

"这是现在最流行的一部剧呀，你看不看？"

桂桂开始收拾她的车钥匙、手表，还有打火机。阿达硬拉她坐下："你看下，看下这个男主角，长得像不像我高中同学宋三齐？"

桂桂不可能记得她有这样一个高中同学，她们初中是同桌，高中阿达分进了重点班，桂桂是普通班。

但桂桂觉得，就算自己真记得，阿达也绝无可能有这样一个同学。电视剧里的那个男人也太精致帅气了一点，平常生活里若存在一个长成这样的男孩，学校里的所有女孩子都会谈论他吧。

整个春季，阿达都陷在那部男主角也姓宋的韩国电视剧里。

桂桂一直在海外出差。公司要参加几个重要的工业展，在拉岑待了几天，又去汉诺威，接着还要去汉堡。陪上司谈完公事，她也顺便去看了几种工业机器人，还有袖珍模拟机场。小飞机姿势优美地从幕帘后飞出来，滑翔在一群德国男人腰带的高度，最后平稳降落在细长的跑道上。她想，小谷若看到了，一定吵着要阿达给他买。是啊，应该去百货商店给孩子们买点什么。一出大门，她便庆幸自己带了不能扮靓的羽绒服，4月末的汉堡依然寒风刺骨。

突然间，有人从背后扳她的肩膀，桂桂惊吓地回头，眼前是一个穿风衣戴呢帽的东方男人。

"是姚桂桂，对吗？"他问。

桂桂皱眉看着他，不知道这个男人的来意。

他指了指她脖子上挂的名牌，她还没来得及摘下来："那会儿我就认出是你了，但你走得太快，我差点没有追上。"

"你是？"

"我是宋三齐，阿达的同学。你是阿达的闺密，对不对？"

"你……你还能记得我？"桂桂十分惊奇。

他笑了："我有阿达的微信，朋友圈里常看见你跟她的合影。"

桂桂只好站在路边，与他多寒暄几句，说回国后一定聚聚。他说他现在常年待在新加坡，如果回了国内，一定会去找她们的。

她快步走在回酒店的路上，雨很快就下下来了。宋三齐离开时，是和她相反的方向。桂桂用羽绒衣把自己裹紧，觉得这个男人和那个浓眉细眼的韩国男演员的确有几分相似，但还是差得有点远。

阿达又是什么时候跟他取得联系的呢？之前听她的口气，感觉他们已经失散多年。

3

回国后，桂桂把遇见宋三齐的事告诉了阿达。

"你不用告诉我他现在长什么样子，"阿达用手掩住桂桂的嘴，"我也不会见他。我是不会用现实去破坏回忆的。"

桂桂撇了撇嘴："好，我不说。但你倒是说说看，什么时候又与他加上微信了？"

"真的就是播那部电视剧的时候，他突然打电话给我，我吓坏了。高中时，他追过我，但我们没有成。毕业后就失去联系了，我去上大学，他当了兵。"阿达拿来酒，是修展一直没喝完的百龄坛。

"你怎么从来没跟我提过？这么大的事，"桂桂把酒杯伸过去，"在那时候。"

"因为那是我心中一直的隐痛嘛。"阿达现在看起来好像无所谓，"他家里很穷，成绩也没什么起色，他自己对我说的，他高攀不上我。"

"那他还追？"桂桂瞪了那个不在场的人一眼，阿达家那时的确十分富裕，但她是从来不显摆的那种女孩。

"因为我也喜欢他啊，他是那种很硬气的男孩子，在我们学校很少见。"

桂桂不说话。

"我很傻，竟还点了头。那时候总想显得自己很优越，被这么帅的男孩子追求过，就是有意义的，不一定非要在一起。"阿达继续讲这段连桂桂都不知道的往事。

"没发现那时候你是那么虚荣的人啊。"桂桂淡淡地狐疑，阿达在青春期竟向她隐瞒过这么重要的情事，实在是有点不可思议。

"跟你虚荣在不同的地方嘛。"她放下酒杯，避开桂桂的眼睛，起身去把那堆杂乱的 CD 归置好，说修展埋怨过她好几次了，把他的 CD 排列得不是原来的次序。

桂桂走进孩子们的房间，把礼物放在书桌上——是两套木盒装的 120

色高级水溶彩色铅笔。

　　5 月末的时候，宋三齐来了。走进约定餐厅的只有姚桂桂。

　　桂桂别扭地在他面前坐下，宋三齐看上去有点失望。她突然丧失了那种极快与人热络的能力，只顾着喝面前的那杯白水。那天在阿达家，阿达最后说："宋三齐还没有成家，兴许你会合适他。他现在做的生意很大，非常有钱了。"

　　但桂桂今天不是抱着与宋三齐勾搭的目的来的。

　　桂桂对阿达说，她对宋三齐没有兴趣。"那你还是去一去，就当是帮我再了解了解他。"阿达坚持，她宁愿留在家里反复看那部韩国电视剧，她下了不变的决心，绝不会再见宋三齐，无论以什么样的目的和心情。她有了丈夫和孩子，也早对他没有什么感情了。何况她是已届中年的女人，与相册里那些美化后的自拍比起来，现实中的脸是经不起推敲的。

　　那顿无趣的饭吃完后，宋三齐还是礼貌地坚持送桂桂回了家。

　　"我下个月还会再来一趟，到时候，让阿达也要来啊，不能再放我的鸽子。"他用委屈的口气说。

　　桂桂说："她现在毕竟有两个孩子要带，不是随时都能抽出身来的，下次你们合计好彼此都方便的时间吧。"桂桂说完就下车了。回到家后，她趴在卫生间的洗漱台前抽泣起来，肩膀一耸一耸的。

　　她刚刚失恋了，当然跟这个宋三齐没关系。她也有不能分享给阿达的秘密。

后来她打电话告诉阿达，宋三齐没有啤酒肚，也没有秃顶，人还算精明开朗，就是长得没那么像那个韩国男星。接下来她要去海口一段时间，下次宋三齐再来时，她不一定在城中，要阿达自己看着办。

4

后来她们很少再提宋三齐的名字。

从海口回来后，桂桂帮阿达去学校接过几次佳纳。阿达说她厌倦了主妇生活，再不出去做点事，就快要得精神病了。这天，她又被工作绊住，要桂桂帮她去接一下女儿。

接上佳纳后，桂桂开车到使馆区附近，选了一家有露天座的餐厅，让佳纳先吃一点东西。她点了一份鸡肉三明治，又要了一杯鲜榨橙汁给佳纳，自己只喝一小杯浓缩咖啡。

"我妈最近真是越来越神。"佳纳边吃三明治边说。

"怎么了？"桂桂问。

"老跟我爸吵架。"

"为什么事吵？"

"各种鸡毛蒜皮，"佳纳伶俐地眨着她的眼睛，"但主要是我妈把外婆接过来了，要她帮着带小谷嘛，但我爸跟外婆完全处不来。"

"怎么处不来呢？"桂桂喝完了她杯子里的咖啡。

"各种，"佳纳说，"但主要还是，我听我爸在房间这么吼我妈的，说他不赞成让隔代人带孩子，会带出一身毛病，以后纠正都纠正不过来。"

"哦，教育方面的分歧啊。"桂桂懒懒地应答着，眼睛则看向坐在街对面的一群欧洲男人。

阿达做了几个月的工作，终于又辞掉了。

那段时间，桂桂很少到她家去，一是有老人在，更主要的是，在不工作的空白时间，她觉得自己身心俱疲，在强烈的阳光下也常常颤抖。她一直没告诉阿达她的那件事，但人生走到现在，已经没了更多可以诉说底层心事的朋友。

难不成还真要去找个心理医生，每周都付费聊一聊吗？

阿达这天晚上带着两个孩子突然冲进了她家，这在过去是从来没有的事。桂桂精巧的单身公寓里充满了各种易碎而价值不菲的装饰品，是不适合让孩子来玩的。

桂桂连忙从阿达的手里接过小谷："这是怎么了？"

阿达撇着嘴，瘫坐在桂桂家的沙发上："真是过不下去了。"

桂桂手足无措了两分钟，便走去冰箱给孩子们拿零食和水果。佳纳牵住跑来跑去的小谷，说她可以带小谷去餐桌边画画。于是桂桂给他们找来宽大的白色素描本子，佳纳从书包里掏出水彩笔，两个孩子很快就变得安静，孩子们总是成长得比大人们想象得要快。

"你以后啊，一定要找个同龄的，不要像我，永远在受人家的指导跟教育。"阿达还想哭，桂桂看了餐厅一眼，起身去把卧室门给合上。

桂桂一度想与一个人结婚想疯了，哪怕他是骗她的，她都无所谓。她想和阿达说，但阿达今天的烦恼看来还不止这个。

"宋三齐又来了，说一定要见见我，约在一家日本料理店，离你家倒是很近。"阿达擤掉鼻涕，使劲拍了拍自己的腮帮子。

"如果你想去，那就去。"桂桂鼓舞她，"先去洗个澡吧，我给你找几件好看点的衣裳。孩子们，你就别操心了。"

桂桂打开自己的衣柜。"只是吃个饭而已吗？"她想再问一句，但又觉得这也没什么所谓，有多少婚姻是纯洁无瑕的，阿达也可以给自己找点乐子。

她替阿达选了一件鸽灰的真丝连衣裙，领口处有一圈精细的手工刺绣，又挑了双橄榄绿的高跟凉鞋。"你的脚比我小半码，穿有绑带的款式会比较稳当。"她蹲在她脚边端详了一下，仰起头对阿达说，"需不需要带上避孕套？"

5

后来，桂桂也理解，李修展是不会原谅她的。但她已经去了阿姆斯特丹——公司业务调整，那个 VP 要过去，她也一起去。她想，也许这是一次能从那段漫长痛苦的感情里走出来的机会，只是没机会再和阿达聊一聊她姚桂桂的隐痛，像过去那样，靠在窗边的沙发上，听爵士乐，一瓶瓶地喝掉李修展珍藏的勃艮第酒。对，还有佳纳，那个迫不及待想变成一个大人的少女，现在还会喜欢她吗？

"自始至终我都有点主动吧，可能这一点让他心里对我有了不屑，破坏了我以前的形象。"日本料理店那件事发生后的第二个星期六，阿达就和桂桂说了所有的事。日料店院子里的一棵樱花树开满沉甸甸的粉色花朵，在树下，宋三齐拥吻了她。她口腔里有一点芥末的辣，不知不觉眼泪就流了下来。他们之后去了旁边最近的一家酒店，不是什么高级酒店，只是普通的连锁商务型而已。

"几乎没有什么前戏，他的动作很大，挺粗鲁的，还一个劲儿问我舒不舒服，我就是舒服也觉得不舒服了。他可能还想要更多的花样，让我给推开了。到今天，他都没有再联系我。"

她们坐在一家咖啡店里，这样的事无法在家里说，尤其是坐在李修展的菩萨下面。

"你说，他是不是只为了报复我？"阿达攥紧了她的杯子，不知道哪一刻咖啡就会突然洒出来，"还是说，他和女人做爱就是那样的？"

"上床以前，你不可能预测得到一个男人的表现。一夜情都是干柴烈火，但真正水乳交融的，应该并没有太多。"桂桂说。

阿达觉得，她或许就是被桂桂口中"一夜情"三个字给唤醒的。

青春记忆的魔力消失了。

她匆匆告别了，打上一辆出租车。车经过那家日本料理店时，她看了一眼，不禁大笑起来。这都 6 月了，怎么可能还会有樱花呢？那树原来是假的。

两个礼拜后，她闻到了李修展进给菩萨的香，白檀香从阳台经过客厅，飘进了他们的卧室。

"你想看照片吗？"李修展问她。阿达平静地摇了摇头，她坐在书桌前，背对着坐在床边的修展。"我的研究生那天也在那家餐厅吃饭，后来她们跑来跟我说，我说，他是你的表哥。"

阿达点了点头。

"学生们的合影，你们还成了背景。"李修展翻了一会儿他手机的朋友圈，"看来已经删了，她们也不是笨人。"

"高中同学，曾经追求过我，我也喜欢过他，十几岁的事而已。"她平静地交代。

书桌上放着一沓书稿，是修展翻译的一本美国儿童绘本。原本只为了给自己这两个孩子看，但现在有出版社引进了版权，并求购了他的翻译，即将出版，修展在做最后的一遍修订。

"我让一个在市公安局的老同学帮我查了你的身份证登记信息，有你那天晚上开房的记录。"

阿达转过身来，她不想等着李修展亲自来扳她的肩膀。

"对不起。但是都结束了，你知道的，我从来都不会对你撒谎的。"

那沓书稿的第一页是题献词，她刚刚看见华文行楷五号字——"献给阿达"。

这一页他也许不会要了，阿达想。

"离婚吗？"李修展问她，"不用顾忌孩子的问题。"

阿达摇头。李修展依然在看自己的手机。"哦，还在，没有删。"他把手机颤巍巍地递到阿达面前，是他一个研究生的微信相册。三个女孩用自拍杆拍的合影，她和宋三齐站在她们背后的收银处，正手牵着手。

修身连衣裙，艳丽的领口刺绣，尖细的高跟鞋——根本不是平时的那个妻子与母亲。

"我不会离婚的。"阿达坚定地说，"我要这个家，我错了，是我对不起你。"

"我哪些地方让你不满意？"修展取下他的眼镜，终于哭了，"我都不知道你是什么时候变的，如果不是学生们跑来跟我说。"

但后来那沓稿子散落得到处都是，台灯也碎了，梳妆台上也是一片黏稠的液体，两个人都逐渐不怕说出最难听的话。阿达偶尔瞟见卧室门开了道细缝，也许佳纳站在那里。满地都是玻璃碎片，还有李修展最恶毒的修辞，绊住她，走不到门口那里去。

"是不是姚桂桂教唆的？是不是？你那一身，都是她的！"到最后，他无力地坐在椅子上，"我知道有她在你身边，你迟早要出事！"

天快亮了，阿达没有反驳他。

6

桂桂临走时，阿达还是来了，在机场书店，两个人站在那里翻着几本外国菜谱。她们已经很长时间没见了，自从李修展知道那件事以后。这次分开，仿佛是一种诀别。

"买这本吧，这个人在欧洲很有名。"桂桂递给她一本菜谱，但阿达并不知道最后的时刻应该说些什么。从初中起，桂桂就爱到她家做菜，因为她家有别人家都不常有的黄油、奶酪、橄榄，还有青色与黄色的新鲜柠檬。

不可以再有姚桂桂这个朋友，必须跟她绝交，就是那场"粉红骇绿"后，阿达最终从她的教授那里领受的惩罚——他决定原谅她这一回，先不跟她离婚了。她打电话把这个结果告诉了桂桂。桂桂说："好笑，好像我才是你的情人一样。不过，我马上就去荷兰了，以后想见也见不着。"

于是她们再没有联系过，直到这次在机场书店。

桂桂说："到了阿姆斯特丹，我倒是可以去找找 Chet Baker 住过的那个酒店。他是自己跳的，还是意外掉下去的？"

"好像没有定论。"阿达说。

李修展翻译的儿童绘本已经出版了，摆在新书上架的明显位置，她们都没有去翻。阿达买了那本菜谱，桂桂则什么都没有买。

到了阿姆斯特丹，桂桂在咖啡店常常看见把头凑在一起聊天的女人，却很难确定她们究竟是闺密还是恋人，毕竟这儿是荷兰。而她爱的那个男人，爱男人也爱女人，并且对她说："你是我唯一爱过的女人。"

　　这么多年，一直保守最后的那一线希望。逢年过节，总要一起出现，帮他敷衍家庭中的长辈，坐在他快八十岁的母亲的右手边。但是今年，他带了他的外籍男友回家，他母亲为他们夹了菜。她知道她身心崩溃了，再也无法拼凑还原。

　　远离过去，应该是最好的选择。她都来阿姆斯特丹了，还有什么好怕的。只是不知道会不会再有那样的一天，跟阿达坐在一起，讲讲这些在她生命中终将隐没的事。

　　不再是朋友了。阿达喝了许多杯酒，把借邻桌的打火机还了回去。她打开镜盒补了点唇膏，在桌子上留下充足的小费，决定到街上漫无目的地走走。

如何让女人免于心碎

如何让女人免于心碎

法国香槟与楼下便利店的速食面

不要问我什么时候会下雪

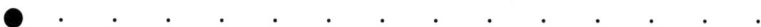

不要问我什么时候会下雪

最近我从网店买什么都不顺。

比如买透明手机壳，壳后却有两个头皮屑似的小白点，擦不去也抠不掉，套在黑色手机上，怎么看都不顺眼。

又比如买胸罩，颜色大小倒是合适，可就是搭扣下缘走线有点硬，穿上后，感觉像有一枚不服帖的标签在后背来回硌着。

退换货一是麻烦，二是也剪了标。丢掉，多少又有点弃之可惜。

我对着电脑上的一件天蓝色毛呢大衣，始终没勇气按下购买键。但要是迈开双腿进商场逛，我一想就先腿软了。

我真的不喜欢逛商场，也不热衷名牌。

所以，我成了小区对面一家外贸服装店的常客。

这家外贸服装店卖的其实不算是外贸货，顶多算是韩国东大门一些款式的仿单，式样时髦，质量差强人意，好在价格还算公道。

但服装店老板娘一直把自己打扮得像一个随时要出席酒会或高档派对的名媛。

在一排排廉价衣服里遇见她，总是不自觉地对她产生几分没来由的恭敬。

"名媛"拉住我的手："来来来，我最近进了一批新货，有特别适合你的。"

她把我径直领进试衣间，再打开里面的一扇门，入眼的则完全是一个美丽新世界。

多宝槅上一水儿的大牌手袋，在壁灯下散发着咄咄逼人的光芒，玻璃柜里则锁着名牌墨镜、皮带、项链以及手表，墙边的两排衣架上挂的是各种大牌的当季新款，大衣、衬衫和洋装不一而足。这儿简直就是个迷你版的星光天地。

"名媛"麻利地从衣架上扒下一件驼色呢子大衣给我："这个牌子在国内还不算常见，款式经典含蓄，质量更没的说，你掂一掂重量。"

我知趣地掂了掂重量。

"你要是不好意思，回去把这个商标拆掉就是了。"她朝我媚然一笑。我这种客人有什么心理，她早就揣摩透了。

但我反而有点不快，她竟让我买了那么多回假东大门，今天才让我走进这个秘密的 A 货新天地。

"都是熟人了，给你八折，三千的算你两千四。淘宝上有家名店，跟我一处拿的货，瞎吹自己是什么品牌同批面料少量跟单啥啥，狗屁。这个牌子的大衣在英国的百货公司里也要两千多英镑一件，两千多块钱人民币的东西能跟两千英镑的比？但我能跟你保证的是，这面料、做工与款式，你两千多块买回去，是一点都不会亏的。现在随便一个街边的牌子，冬天的大衣不也是一两千一件？那些衣服是什么档次，你肯定知道。"

她坐在一把猩红的高脚椅上，某一个瞬间简直像睥睨众生说一不二的女王。

我乖乖付了账。

她帮我了无痕迹地拆掉了领子上的标签。

出门的最后一刻，我才嘟嘟囔囔："你之前怎么都不给我看这些好东西？害我买了那么多件线头都不剪的货色。"

她又嫣然一笑："我做的见不得人的事还有很多。来日方长，咱循序渐进，好不好？"

"名媛"也住我这个小区，以前见面不过彼此点个头，如今已能手挽手遛狗，仿佛我们真的成了某件秘事的同谋。

这天，"名媛"穿一双真假难辨的 Jimmy Choo，正歪歪扭扭地跑在一条小石子路上。她一边跑还一边朝我娇滴滴地喊："乐乐！乐乐！快帮我撵上丫头，别让它在水里撒野了！今早上才送它去宠物店洗的澡！"

我赶紧应声寻觅丫头的踪影，跑过去拿一双脏球鞋踩住那只活蹦乱跳的狗的绳索，最后好歹算是牵住了这只亢奋的小母狗。

"这死孩子。"她从我手头接过狗绳。我一时弄不清她说的是狗还是我。

"我有张美甲店的卡快到期了，明天带你一起去做指甲？"

第二天是周日，我实在没什么事，就一口答应了。

我其实很愿意和"名媛"打交道。

她身上散发着一种活色生香过的气质，烦恼似乎离她有几万公里。

美甲店老板娘与"名媛"似乎是旧相识，一见面就彼此大喊"宝贝儿""亲爱的"，虚搂着对方的腰使劲"么么哒"。这些例行的女人间的礼节后，老板娘便安排了两个手脚麻利的小妹替我们洗脚磨皮，自己早板起一张脸教训几个新员工去了。

"名媛"头靠在沙发上，虚闭着眼，任凭小妹拿死皮锉打磨着她的脚底板。若有似无地，她朝我缓缓讲了一句："要说起来，她还算是我在英国留学时候的同学呢。"

我内心静静一惊，"名媛"竟还在英国留过学，难道真是落魄千金？

"那时候我们合租圣奥尔本斯的一套公寓，每周有两天一起坐小火车去伦敦上课。现在想想，那也算是我们一生中的黄金时代了。"

小妹开始给我们的脚指甲上色，每笔涂下去都是光洁而工整的。

"那你俩现在怎么都做起这些小本生意来了？"我实在按捺不住好奇。

小妹起身去拿光疗机，"名媛"把头偏向我："没钱了呗，她开这家店的钱还是从夜总会里挣出来的。"

老板娘突然从远处朝我偏头一笑，我的心脏险些漏跳一拍，"名媛"则回以一脸自然甜美的微笑。不知是因为岁月还是境遇，老板娘看上去比"名媛"沧桑不少。

"她比我大六岁。那时我们去英国的原因，多少有点不一样。"

小妹们重新坐回小凳子上，"名媛"拍了拍我的手背，继续闭目养神。而我竟看见电视台里的一个同事也进了这家店，腕上挂着某大牌新出的手袋。为免一阵虚情假意的寒暄，我也赶紧闭上眼，假装什么都看不见。

伦敦的故事，就这样在指甲油的气息里中止了。

后来，只要"名媛"上了新货，总会第一时间发信息告诉我。我或多或少地又买了一点东西，毕竟在电视台里实习，无数双眼睛打量着你，不可能就那几套黑白灰在一周里来回穿。

但更多时候是在服装店打烊以后，我留在那间璀璨的密室里与"名媛"聊天。

有一天，她不知从哪里弄来一瓶香槟，满面红光地与我碰杯。

"三十六岁生日！"她目视前方，往喉咙里倒下了一杯酒，然后满足地闭上眼，连鱼尾纹都有几分媚态，"现在我的身体里长出了两个十八岁女孩。"

"祝两位十八岁生日快乐！"我赶紧将马屁拍上。

"十八岁时，我在酒店里做洋酒促销。有一天，一个男人走了进来。他端详我的脸后对我说：'小姐，你这辈子恐怕不会有婚姻，我会相面。'我就对他笑：'这么刻薄的话都敢说出口，还不多买点我的酒？'那天，他买了我八瓶最贵的威士忌。后来我就跟了他八年，并且从未指望过他能舍弃其他的众多情人来娶我。你说，这算不算是自我实现的预言呢？"

"名媛"在英国恐怕多少也是读了点书的，不然一个洋酒促销出身的女人哪会懂什么自我实现的预言。

"那后来呢？"

这样的寒夜，最适合的事恐怕就是灌醉自己来回忆往昔。

"后来年纪大了，跟着他又不能有什么指望，觉得自己应该去读点书、学点真本事，一辈子靠男人恐怕是靠不住的。所谓知识改变命运，年轻时我书没读出来，就妄想着今朝还能改变。"

"你想得也没错。"

"错错错呀！"她大笑，"其实就是觉得出国读书体面又好玩罢了，反正有人供得起我。去了英国后就只知道花钱跟买衣服，在英国待了三年，攒下二十多箱衣服，回来的时候光行李运费就花了十万。"

"那也不赖，至少能学到一些品位。"

她不再说话，口红印子赫然印在香槟杯上。两绺头发潮湿地搭在眉前，像是才从前生穿越过来的人。

"当时我在英国多少有些不安分，有过几个排解寂寞的情人。他知道了，就断了我的经济来源。后来是我跪下来求他，他才回心转意，接我回了国。哪知道回国不久，他的公司就出了事，我们又躲去香港，在酒店里住了起码一年。风声松一点了，他急忙回内地试探情况，结果还是被抓了，这辈子估计都别想出来了。我跟他一场，落下的，就是这二十多箱衣裳。"

在这一室璀璨华服里，我们都变得闷声不响。

"后来我把它们都卖了，也挥霍过一阵子。这才发现钱花起来竟是那么快，趁还有个底儿的时候，开了这家服装店。总不能沦落得把那点钱花完后去卖身吧。"

"所以那美甲店的老板娘……"

"当年我是自己跳着脚要出国读书，她是年纪大了，'金主'不想要她了，假借送她出去读书之名，相当于把她流放了，男人一年花几十万算是给自己买个清净。等她回来之后，估计也就没有了'接盘侠'。那样的女人，过惯了舒坦日子，难免走上那条路，然后一直做到做不动为止吧，攒下一点本钱，开店做点生意，她们多半都是这样的。在商场里开那么大一家美甲店，也是要不少钱的。"

酒喝完，我们便熄了灯，从卷帘门下钻出去，冷风中互相搀扶着回家。她压着我的肩膀，似有两个人那么重。然后她突然扯住我的羽绒服，眯起眼问我："你……你什么时候才穿我卖给你的那件羊毛大衣啊？"

我也醉了，歪着嘴笑："等下雪的时候吧。"

　　之后的日子，我继续在电视台里呆坐，每天接收气象台发来的资料，给主播编底稿，剩下的时间就是对着卫星云图发呆。上洗手间的时候，跟别的主播们遇见，她们都漫不经心却又热情地问我："乐乐，今年什么时候下雪呀？"

　　我的外公曾是台里的老领导，家里人都张罗着让我未来可以做上天气预报主播，我自己其实是没什么信心的。电视台里，主播们之间自然要明争暗斗，哪怕就是播一则天气预报。这类争芳斗艳的事我是不擅长的。

　　如果是"名媛"的话，她一定能奋勇成为电视台的当家花旦，我总是这样想。

　　而这个冬天一直没有雪。

　　早春时节，家里人终于对我做主播的计划死了心。"或者就做外景记者，跑跑政治新闻总可以吧？"外公多少有点恨铁不成钢的意思。

　　"要不再出国读两年书，她现在不知道自己能干什么。一家人把她宠成这样，总归又饿不死，她哪能有什么生存的危机感？更别说宏图大志了。"爸爸终于插嘴了。他一贯冷淡，却说得句句在理。

　　我又想到了"名媛"，如果我去英国读书，倒是可以找她咨询在英国各季节该穿什么，哪个城市最美最舒适。

但我现在已经搬回家来住了，不再和她住一个小区。电视台的实习结束，家里就把我租的那套靠近单位的房子给退了。

我已许久没再见到她。

但如今好歹有微信。

她现在的微信朋友圈更新得很勤，好些东西都拿到了朋友圈里卖。"名媛"兴高采烈地告诉我，她在双 11 的时候也凑热闹搞了搞活动，结果一天就卖了五万块钱的东西。

"曾经买一件五万块钱的东西眼睛都不眨，现在卖出五万感觉两眼都泛出泪花了。"她在电话那头朝我叹息。

"周末咱约出来一起喝个咖啡？我不在电视台里做了，咱难得见上一面，还想跟你聊一聊理想与人生。"

"好啊好啊！"她满口答应。但我知道她如今很忙，一天的时间除了睡觉就是端着手机跟人在微信上谈生意。那家外贸服装店因为疏于打理而冷清了，可她的生意越来越好。

周末，我打车到我们曾经常去的一家离她的店不远的咖啡馆。

冷风中我远远就看见了马路对面的她。

她纹丝不动地待在一件廓形羊绒大衣里，手臂上是半新不旧的路易威登贝型手袋。倒也没人会觉得她脚上的那双 Manolo Blahnik 是假的。

绿灯亮起，我朝她走去。她笑，踢踢自己脚上的鞋，似乎知道我眼神的意思。

咖啡馆里坐下后，她又假装生气："别笑话我啦，我没有好学历，也没有去卖身，到今天这步已经不容易了。"

"如果价好，会卖不？"如今我们的交情已是能随便开玩笑的地步。

"也许会吧。"她偏一偏头，抚了一把自己蓬松的头发，"但你不知道，越往下走，生存竞争就越野蛮、越激烈。做'鸡'的女孩里头，比女明星还漂亮的有的是。像你我这样的，就算想去做皮肉生意，都不是太好的价。"

她把我与她放在一起做假设，都分不清这话是刺激还是恭维的成分更多一点。

"别看现在坐在这儿似乎有多矜贵，那是因为再平凡也有尊严，还有点知识和思想。可如果是坐进了夜总会或者按摩店，那就什么都没有了，一切只值八百块一个晚上。"

"说这么堵人的话，我咖啡都喝不下去了。"我把马克杯往桌上一推。

她却又笑眯眯地来拍我的手背："好啦好啦，不说这些了，你看我今天穿的这件大衣好看吗？"

"挺不错，完全看不出来是假的。"

她悠悠地把一张餐巾纸掷向我："什么假的！刚去百货公司买的，为了见你。"

她躲在那件廓形大衣里咔咔地笑，似乎整个人都散发出光芒。

衣服最容易让人产生能变成另外一个人、过上另一种生活的幻觉。

一个女孩，穿上了名牌高跟鞋与大衣，挽上了名牌手袋，她自然就能昂起脖子，也就再无法难为自己去挤公交车与地铁。许多女孩就此转过身来，便走上了另外一条路。

而"名媛"没有。

用"名媛"的话说，她虽然做的是见不得人的事，但从未骗过顾客说东西是真的。

我啐她："你就是穷风流、饿快活，还这么爱名牌，为什么不找个男人继续养着你？自己赚钱，你又不是不知道有多辛苦。"

"名媛"叹："喜宝常有，而勖存姿不常有啊。"

原来她还看亦舒。

"花钱买这件衣服，是我也想再出去几年，总不能把假货穿去国外吧？"

"又出去？当年衣服还没买够？"我还是揶揄她，尽管我内心按捺着欣喜。

"可也总不能卖一辈子假货吧？现在总算是赚了一些钱了，这次出去真心读点书，学学设计，也许以后我也能回来做个小品牌呢。"

她比我有理想与志气。

"当然，如果能找个男友做靠山，就更不错了。"她咬着咖啡勺，又在嘻嘻地笑。无人能看出她今年已三十六岁。

"前几年一直在过穷日子，说实话，心里只装得下挣钱这一件事。穷太可怕了，我也不想再依靠别人。当年，若不是还有那二十几箱衣服可以卖，我也只能去卖身。只有到了如今，手头略宽裕一些了，才有这份心去想些有的没的。"

"可生意不做了，会不会有点可惜？"

"谁会撂下生意呀？"她瞪我，"我在伦敦用微信上新，发货自然还是在国内。我一向在假货里做到品质价格问心无愧，我不想干了，客人们都不愿意。"

对这一点我是相信的。曾有一次我去店里找她，竟又遇见了曾在美甲店遇过的那个电视台女主播，她瞻前顾后地提出两大包东西，迅速塞进门口一辆出租车的后备箱。

如今贫富是再也无法从穿衣打扮上体现了。

一张满是油光和黄褐斑的脸，早晨也许是涂过顶级面霜的，肩膀上皱巴巴的 GUCCI 挎包也并不是假的，手指上的大颗宝石也是真的。反而那些在电视上尚且抛过头露过面的小明星、小模特儿拎在手里的 PRADA 搞不好是从淘宝微店上买的超 A 货。

"这几年跟工厂打交道，也攒下了一些人脉。出去几年，可以再扩大点人际圈。曾经有人养，什么都不懂也不去学，我早长大了，我不是说过吗，我是两个十八岁女孩，十八岁的女孩，总觉得自己一定有未来，前头的路是无穷无尽的。"

"也许我们以后也能同租一室，乘小火车去上学。"

不知我是否也会有个黄金时代。

"然后再长出一个十八岁来。""名媛"笑了。

等我们出咖啡馆的时候，才发现外面已下起薄雪。

之前并没有下雪的天气预报，但我出门穿了她卖给我的那件大衣。

我们缓缓走在已杳无人迹的马路上，只觉身在一幕电影里。

她噙着不知从何而来的眼泪，盯住我说："这就像个梦。"

羽毛般的细雪里，我将自己裹紧。

她仰头看天，徐徐转了一圈。

而梦是不能预告的。

妖精都躲在便利店

1

在越高档的地方，人就越容易说谎。

对面那个男人以为邱茂婕做留学中介，那么就一定也在国外留过学啰。茂婕抿了一口冷泡乌龙茶，竟没有否认。服务生又送上来一钵无锡排骨，在这家精品酒店的中式餐厅要卖到四百元。而她身上的那件裙子才二百九十九元，网店买的，但只要没什么线头，男人们一般都看不出来。如果真有人问起，她就说是某某独立设计师做的一个年轻小牌子，便宜又好穿，也就两三千。

总之，茂婕已经在心中判了这趟约会的死刑。那个谎以后太难弥补，还不如索性膨胀个痛快，吃完这顿饭就拜拜。

后来那男人要开车送她回家，她婉拒了。她还没有找好新房子，现在还租着那种所谓的大学生公寓。私人老板自建房，两三层楼，一条走道通到底，两边都是小单间，厕所在最尽头，住的都是还没有找到工作的大学毕业生、有工作但薪水极低的小白领，又或者只能算写字楼民工。

茂婕现在好歹还住了一个单间，旁边有的是上下床，一间房里挤着三四个人。她甩掉高跟鞋，瘫倒在床上，枕头边上的笔记本电脑一直没关，浏览器里是她在相亲网站上的个人主页，相册里的那些自拍照，看上去同这里不在一个世界。

粉饰个人条件，是有极大隐患的。

但茂婕已经回不去了。从一个三流大学毕业后，她就在一家名不见经传的留学中介公司做外联，就是去各种学校联系能不能做场活动，或者发几天传单之类，薪水微薄，下了班就坐公交车回家，没有任何交际机会。只有网络可以打破阶层、地位、职业的局限性，带来结识条件更好的异性的可能。

茂婕幸运自己从来不讲究吃。早饭路边一只鸡蛋灌饼，中午是楼底下的炒饭、炒面，晚上有胃口就吃份麻辣烫，没胃口就吃一只苹果。回到家，苹果已经在路上啃完了，她打开电脑，看看信箱里又多了哪些新消息，越看就越泄气。不额外花钱成为它的会员，发信来的人就变得越来越少，条件也越来越差。她已经好几天没看见一个像模像样的男人了。

而某类交友软件则玩不得。她自认还是一个正经女孩，这已是她最后那点货真价实的资本。有些网上的聚会活动倒是可以参加一下，总有人有多余的一张电影票想请人一起看，总有一个饭局还差那么三两个人。总有那么多寂寞或别有用心的男与女，让各自的目的都不那么明显。

曾经有一个男人想约人看电影，说票是公司发的福利，再不看估计就要过期了。茂婕看见他回给别人的留言说他是某某银行的，再点进他的相册看了一眼，长得还不赖，就私下里发消息说她正好也想去看，住得也近，男人爽快地答应了。

茂婕先到，坐在售票大厅的塑料座椅上等着他，觉得自己像一个已经在恋爱的人。她穿了一件挺隆重的欧根纱长裙，头发也打理得相当柔顺。两个人见面后，都尽量显得不是头一次见面，抱着爆米花与可乐坐进影厅，默默地看了一部非常无聊的古装片。

看完以后，男人提议再去旁边一家肯德基坐坐。但茂婕到了肯德基，去洗手池洗手的时候才发现一个严重的问题：她鼻翼旁边的一颗痘痘要破了，淡黄色的脓点已经突破了粉底，但她手边根本就没有粉饼。茂婕想，挤破它算了，反正这颗痘痘已经熟透，挤掉了脓液，它自然就会塌下去。可挤完脓液，又是细细的血丝。那里越来越红，从一个探头探脑的黄点变成了一块货真价实的痤疮。而它又长在鼻翼，用头发或者手都不可能遮掩。镜子里的这张脸，突然就变得滑稽。

茂婕已无心跟这个男人聊天，更没心思夸夸其谈，一颗痘痘已经把整个晚上给毁了。后来二人匆匆在马路边告别，她伸手拦了一辆车，过去她很少舍得打车，但这个晚上她太难过了。男人后来也没有再联系过她，她反而感到了解脱。

2

今天晚上，茂婕反复打量自己在镜子中的面孔，没有一颗痘痘，甚至没有一处明显的瑕疵，遮瑕膏和粉底液各尽其职。她在化妆包里再塞进一支气垫BB霜，绝对能确保万无一失。这一次，她要去一个陌生人组的饭局，四男四女，有运就交个朋友，没运就蹭一顿饭，反正说好了是男人们埋单。

在一家光线暧昧的烤鱼店，八个人很快就到齐了。彼此都只称呼各自在网站上面的昵称，工作什么的也就说个大概。有两个男人似乎彼此认识，于是很照顾第一次见面的女孩。吃完烤鱼，有一个男人提议再去KTV唱唱歌。

茂婕只去过几家连锁型KTV，而眼前这种名字暧昧、独门独户的KTV，似乎更接近夜总会的性质。但她想，反正她们有四个女孩，有什么好怕的呢？

走进大堂，就撞见了一群KTV小姐。茂婕想尽量显得见过世面，用眼角捎带着看见她们都穿着统一的曳地长裙，手腕和脚腕上丁零当啷的，身上也闪烁着亮片，似乎是在接受主管的例行训话。上了电梯，进了包房，还是像平常那样点歌、切歌，你方唱罢我登场。不一会儿，一个经理模样的中年女人亲自送进来一盘水果，好像其中一个光头男人是他们的熟客。

这个光头男人是什么时候来的呢？茂婕已经想不起来了。

再后来，男人们开始放肆地开啤酒，和女孩们不停地干杯、对吹，但茂婕可不是那种会让自己吃亏的人。她巧妙地避开那些动手动脚和勾肩搭背，脸上带着笑，没忘再恭维两句，尽量不把气氛搞僵。她嗓子不错，说去给大家多唱几首带劲的歌，他们就放她去点歌台了。她声情并茂地唱，余光不时扫过灯光昏暗的沙发座，男人们都尽量挤着那几个女孩坐，试探着把手放在她们的大腿或肩膀上。

而坐在稍远处的一个男人，慢慢开始强吻他身边的那个女孩。他努力捉住她的下巴，可是茂婕分明看见她不愿意，屡次厌恶地推开他。为什么她不立刻站起来走掉？而她顾忌的又是什么呢？为来这里的初衷也感到心虚或者理亏吗，还是仅仅因为害怕或难堪？

之后并没有更严重的事发生。她去了一趟洗手间，在那里碰见了几个补妆的小姐。大家都打开粉盒往脸上扑粉，茂婕觉得，不会有人觉得她与她们有何分别。她今天穿的是一件紧身短款连衣裙，小姐们的长裙甚至还要含蓄些。

在回去的下行电梯里，大家尽量都想显得愉快。有一个女孩是出差来这里的，开心地大叫着北京真好。茂婕偷偷看了一眼刚才那个被强吻过的女孩，她眼圈红红的。也许每个人都看见那会儿发生了什么，但每个人都心照不宣地沉默。

走到马路边，几个男人还在争执着谁送谁回家，突然就来了一辆出租车。茂婕连"再见"都没有说，迅速地闪进后座，出租车便嗖地开远了。

也不知道开了多久，茂婕睁开眼，车停在了一个还算高档的小区门口。她下了车，走进旁边的一家便利店，干净而安全的白色灯光瞬间笼罩了她。她买了一听苏打水，边走边喝掉一大半。小区里夜深无人，回荡着她嗒嗒嗒嗒的高跟鞋声。

室友们都睡了，她似乎就成了那种别人最害怕遇上的合租对象。深更半夜，带着糊掉的浓妆才回来，卫生间里一阵丁零哐啷，不然就是惊天动地的呕吐。一个房间里传出一声专门说给她听的"烦死了"，茂婕抹了抹嘴，若无其事地站起来，慢慢用浸过卸妆液的棉片擦掉眼皮上的眼影。她每月花掉快一半的工资换租这里的一间次卧，就是为了以后的约会，回家时至少可以报出一个体面的地址，如果别人要送她，至少也能把她送到小区大门口。至于是跟三个人合租这种事，总没必要告诉别人。今天的另外那三个女孩，她们晚上都去了哪儿？在这座城市里，昂贵的房子里也可以住满贫穷的人。在白天，她们不过都是密密麻麻的写字楼格子间里正经营生的女职员。

3

茂婕的公司楼下新开了一家便利店。

这下，就不能再去吃路边七块钱的炒饭了。她的穿着打扮在部门里头最光鲜，现在无论如何也得去买便利店里的快餐或者关东煮。选了饭，有时候还得再拿一支并不便宜的进口冰激凌。茂婕心想，已经在这里做了一年半，这次加薪应该有她了吧？

部门里另一个女孩结账时排在她后面，两个人有一搭无一搭地闲聊。那个女孩叫刘小梅，戴着木讷的黑框眼镜，突然神神秘秘地说："你新搬家的那块儿，好像有几家很知名的酒吧。"茂婕没去过，但反问："怎么了？""我都还没去过酒呢，一个人，不敢去，邱邱姐，你带带我嘛。"茂婕就回答："那好呀。"

星期五晚上，她把刘小梅先带回她的出租屋，两个人已经在路上吃了点东西。茂婕给她找了几条裙子，问她想不想换："最好别穿休闲裤去夜店吧。"刘小梅就笑，赶紧点点头。茂婕又问她，要不要再替她化个妆。

两个人涂脂抹粉，试衣服、弄头发，转眼就到晚上十点了。快到酒吧时，茂婕进路边的小卖部买了一包烟、一支打火机和一盒口香糖。她挎了一个极小的牛皮包，差点就不能把它们都塞下。

酒吧里附近大学的年轻人居多，大半是留学生。即便如此，这里也是酒吧，任何人都有权利不说实话。周五是 LADY'S NIGHT，门口保安在她们的手背上按了戳，不用付入场费就直接进去了，还可以去吧台换一杯免费的酒。

酒吧很小，所有人摩肩接踵。昏暗的灯光和闷而重的音乐声里，每个人都会打量新走进来的人。她有点紧张，心想买上一包烟的确明智。刘小梅手足无措地挤在人群里，茂婕则把身体靠在吧台边上，尽管那里已经人满为患了。她摸出一支烟，给自己点上，这是她人生中的第一支烟，她觉得自己表现得还蛮老练。

而每个上前搭讪的人都说他们是 A 大、B 大或者 C 大的，统归就是那么几家众所周知的名校；不然就是从国外回来度假的；也有白领，说自己在附近某家知名企业上班。一个男生问："那美女你呢？"茂婕平静地说，她在新南威尔士念研究生。根据经手过的那些海外学校资料，聊起来不难有模有样。她和身边的几个人聊天聊得哈哈大笑，也就懒得管刘小梅去哪儿了。

舞池在地下一层，人头攒动，全是前胸贴后背的男男女女。也有人站在边上假装冷冷地看，但站在哪里都有复杂的香水味和晃出玻璃杯的酒水。

来过几次后，茂婕就不再站在边上冷冷地看了。看的人都是想玩又玩不起的，尿货罢了。这时 DJ 又放出那首 *Empire State of Mind*：

In New York, concrete jungle where dreams are made of

There's nothing you can't do

Now you're in New York

These streets will make you feel brand new

Big lights will inspire you…

各种肤色的年轻人举着他们的双手，摇晃着身体，仿佛真有那么一刻，所有人都有了这里便是纽约的幻觉。北京对于外国人来说，或许和纽约没有多大不同，不过又一个临时的异国都会而已，有无数间酒吧和无数来路不明但可以撩拨的女人。

刘小梅后来又来过几次，之后就没约过茂婕了。或许她觉得没有多大意思，又或许不再需要一个探路者。茂婕在那里结识了一个体育大学的学生，身材高大，却长了一张清澈柔和的娃娃脸。他搂住她的腰，她就往后仰，在巨大的音乐声里放声尖笑，别人听不到，她自己却开心极了。

学生都没有钱，也没有什么明确的未来，在这座城市里，不过有一间暂时的宿舍而已。邱茂婕可不认为她跟这个男生会有什么明天，也就满不在乎地朝他暴露着自己真实的生活。房间里，那些从网上夜店风店铺里买回来的裙子、破旧写字台上廉价的化妆品、床头柜上还没吃完的盒饭，都没什么要紧。而他那年轻紧实的身体、呼之欲出的欲望，应该令他暂时也不会去在意这个女人的物质处境。彼此都在放松、呼吸，朝着相对的方向用力。茂婕直直看向前方，仿佛那面穿衣镜映照出来的放荡女人并不是她。一切不过是暂时的，露水姻缘罢了，天亮就会干透。而他简单、温柔，走到哪里都应该是个备受欢迎的男孩子。推却不过，最后她还是存了他的号码，他说他叫陆之鸣。

之后一阵子，茂婕上班变得积极愉快起来，也不知道自己这是怎么了。

现如今她好像成功地报复了谁，究竟是谁？是曾经的自己吗？难道这就是所谓的堕落的滋味？

如她所愿，她这回真的涨了一千二百块钱的工资，下班时爽快地答应请周围几个同事喝酒。大家后来选了一家味道不错的烧烤摊，一人脚边一瓶燕京啤酒。肉筋、肉串、鸡皮、鸡胗、小腰心管，吃完了又继续点，到最后把茂婕钱夹里的几张大票都给抽干净了，大家便开开心心地一哄而散。

到了小区门口，茂婕看见陆之鸣站在那里等她。她今天已经喝了不少，去不了酒吧了。陆之鸣扶着她的肩膀，和她上楼回家。周六早晨醒来的时候，除了一地零乱的衣服，陆之鸣已经不在了。他可能有课，或者有训练。茂婕拿上钱包和钥匙，昏昏沉沉地下楼去买早点。电梯里，她才发现自己的钱包异常鼓胀，里头竟多了厚厚一沓钞票——柔软的、结实的、粉红色的钞票，差不多有五十张。有一瞬她不知自己下坠了几层，出了电梯，就忘了自己这是要去哪儿。他为什么要留钱给她？

但陆之鸣没再联系过她。酒吧里也没有了他的影子，音乐还在那里若无其事地响着，许多人碰撞着邱茂婕的肩膀，她却再也没遇见过一个让她意乱情迷哪怕一时的人。

4

邱茂婕知道，只要她再换一份工作，再换一个小区，再换一个电话号码，再换一个社交网络账号，再换一间酒吧，就可以又是一个崭新的人了。

可一想起刘小梅，她就气呀。就是她，无意地把自己带偏了，带偏到一条只有短暂狂欢的陌路穷途。刘小梅依然戴着那木讷的黑框眼镜，相貌平庸，还是不懂打扮，却一直在做那种每周五的平价的幻梦。茂婕离职的时候，她拉着茂婕的手，显得非常不舍。

"邱邱，以后我们还是要时常聚啊，你懂的。"她自以为神秘地一笑，一双眼睛从镜框后面快速眨巴着。邱茂婕觉得她很像一只老鼠，不是因为厌恶，仅仅是一种单纯的感觉。她觉得她是有资本过上比刘小梅们更好的生活的，她对生活理解得可比这些女人要清楚。

裙子可以穿九十九块钱的，邱茂婕如今的化妆品一定要用国际一线大牌。一个现实的女人必须得在这方面拎清了。她新换的住处虽然离市中心远了些，但却是簇新的小区，两室一厅，与一个做医药代表的女孩合租。那个女孩常年在外出差，基本上就邱茂婕一个人住。

每个月除了缴房租，她拼命压缩饭钱以及日用，但总是不停地从网店买回新衣新鞋，简易的梳妆台上堆满了奢侈品牌的瓶瓶罐罐。到月底了，她只好先勉强还上信用卡的还款最低额。

她不惜办理各种会员，更加专注于在婚恋网站上相亲交友，去结识那些真正想结婚的男人。而男人一般都不会过分在意女人的工作和收入，更在意的是女人的面孔和三围，她自认领悟得太晚了。于是邱茂婕越吃越少，经常只是去小区附近的便利店买一杯粗粮酸奶，实在饿，就多加一只饭团。

一个在路灯下锦衣夜行的女人，你不会知道她口袋里还剩下多少现金。茂婕把她的大衣下摆仔细地收进三蹦子的后座里，铁皮小车在风尘仆仆的路面上狂奔。到了地铁站，她赶紧捂住领口钻进地下，头顶的狂风吹得沙尘和塑料袋漫天飘舞。又是一个冬天的北京平凡的夜晚。

走进一条布满餐厅与咖啡馆的安静胡同，她循着门牌号找到了约定的那家店。刚拉开玻璃门，人声和喧笑声就漏了出来，这世上怎么有这么多无忧无虑的人？

对方是一个在一家挺有名的公司工作的男人。他穿着西装，拎着手提包，是直接从单位过来的。坐下后，二人又觉得一墙之隔的胡同公厕隐隐飘来恶臭，于是又让服务生帮他们换去里间的座位。

这是家比较休闲的西餐厅，装潢洁净，主营各种比萨、沙拉、意面和英式烤土豆，住在附近的外国人常来这里吃饭。菜并不便宜，茂婕谨慎地点了一两样，就把菜单交给了对方。

"我们工作挺忙，都没空来这种地方。"他把西装脱下，搭在旁边的一把椅子上，环顾四周后，就让服务员过来给他们添水。比萨上来以后，他用刀叉吃力地切着块。茂婕拎起一片三角，轻轻一折，默默地塞进自己的嘴巴。服务员又上咖啡时，他果真如她预料的，拿勺子小口小口地喂给自己，于是她说："你把小勺借我一用。"然后她用勺柄按掉了盘子边一只极小的飞虫，就微笑着，再没把勺子还给他。

但是他像一个可以一起生活的好人。茂婕尽量找些话题同他聊，无论如何，她都觉得这是一个灯火迷人的夜晚。未来，他可能会从一群跟她模样和条件都差不多，甚至比她还好的女人中间挑选一个，但他不是邱茂婕想要找的人。这跟隔壁的公厕、跟比萨、跟那只咖啡勺都没有关系，她对他没有心跳的感觉。后来她勉强又跟他出去了几次，最后只好说自己马上就要被派去外地了，男人很伤心，却知趣地没有再纠缠。邱茂婕转过身后问自己："我是个坏女人吗？"

而另外的那些男人呢？那些她感兴趣的，但对她一点兴趣都不感的男人。他们寻找的或许就是跟她完全不同的女人吧。何况网络上比她胸大、比她漂亮的女人实在是太多太多了，可供各种各样的男人"短择"哪。

5

但浏览器已是邱茂婕人生中唯一的一扇窗口了。

她花费所有，倾力打扮着橱窗中的自己，哪怕只能在交友见面时隔着玻璃闪耀那么一瞬，但至少她可以拥有一场场外人看上去无忧无虑的约会，以及接触各色男人的可能。渐渐地，她的实话说得越来越少，也不再轻易跟男人进行后续的碰面。编造个人信息与经历时那种兴奋的战栗，就是每个周五最精彩的生活节目。偶尔，她回到酒吧，做回那个在新南威尔士大学读书的正在国内探亲度假的研究生，喝真假难辨的洋酒，同男人大笑以及抽烟，把四十块钱一杯的鸡尾酒热闹地碰在一起后，就能轻率地与人抚摩或者接吻，像一个真正浪荡的女人。只是，她怎么再没有遇见过一个像陆之鸣那样凭借他的本身就吸引了她的男人呢？她是等不到遇见他再把钱拿给他的那一天啦。那五千块钱已经化成了她山根和下巴里的玻尿酸，她的确多了几分短促的美艳，手机微信里不停地涌进新短消息。而茂婕没有去滑开屏幕，她痴痴地看着对面那个男生。那个体育大学的男生对她说："啊，你说陆之鸣啊，他出国了啊。他家超有钱的，好像是去悉尼了吧。他的女朋友在悉尼，两个人是青梅竹马。"

凌晨三四点，大家三三两两地从酒吧钻出来，去旁边的便利店买水或吃夜宵。在过分直白的日光灯下，她看见了自己已经晕开的眼线还有剥落的粉底，但她只是朝玻璃柜映照出来的那个自己轻蔑地一笑。

结账时她问服务生："有烟吗？"

那戴鸭舌帽的男生头也不抬地说："有火，但是7-ELEVEN里没有烟。"

空空荡荡地走出来后，邱茂婕突然有一点想哭，干脆哭了出来。

天光大亮的时候，万物都要显形。而一个随时可以修改自己的人，突然就害怕起了白天。

穿玛丽珍鞋去上班

稳稳地站在高跟鞋上，我仿佛觉得自己什么都有了。

工作，约会，回家后，鞋倒在门口的地垫上，看起来比我疲惫。我曾经告诉自己，我的人生已经是另外一部电影，上一部已经剧终下线了。演员们都从原来的角色里挣脱出来，进入新的人格和故事矛盾。

众多高跟鞋款式中，我最喜欢的是 Mary Jane，中文译名玛丽珍。有人说 Mary Jane 第一次出现是在 1902 年，也有人说其源自 1926 年的一部电影，这都跟我没关系。玛丽珍的搭扣绑带让今天的行走依旧稳健，鞋跟于是越来越高了。最后，站在离地 12 厘米的地方，别人叫我 Jane，作为一个服务时尚奢侈品的公关宣传，Jane 不算一个太出挑的名字，但也许是因为它过于上口，大家有事总愿意叫我一声，我或许是不可或缺的。我情愿工作一直粉碎我。

平时，就剩存远会叫我一声"沙沙"或者"世沙"。我走进卧室，他坐在我平时扔衣服的沙发上，台灯下挤着一只眼睛看杂志。他看见我便笑："沙沙，你回来啦，我给你带了一盒奶黄包，就放在餐桌上。"

我把杂志夺过来，一看，星座命理那几页已经被他剪了。对于我在属相、六爻、塔罗、八卦方面无端的迷信，曾经存远对我动之以情、晓之以理，现在则实施了审查制，直接拿剪刀人工开出天窗。就因为我迷信，我们曾经取消过好几次长途旅行，我看了看他脚边的碎纸，仿佛写的是我这个属相的人今年不利婚姻。存远说："傻丫头，不可信呀。"

我也妄想过自己是一个傻丫头。但怎么可能？ Jane 很精明。晚上存远留在我的公寓里，我当然希望他留下来陪我。但在床上，我不能表现得过于放纵。我说过了，Jane 很精明。

我长得自然算过得去，但在我的环境中，我绝对不算是最出众的，比我美艳、有野心的公关多得是。

因为工作，我接触了许多外籍时尚摄影师。很多摄影师想来中国发展，于是，我又做起他们的中国代表，帮他们宣传推广，我想或许我可以不再做公关，专职做摄影师经纪人，另外还有更唬人的名头——"视觉制片"。除了公司名片，我有了另外的名片，开场当然到哪里都是那句"你好，我是 Jane"。

终于，有个人不是这么服从地叫我这个名字。他犹犹豫豫地从远处走过来，晃着手里的香槟杯，试图轻松地试探我："Mary？"

"事实上，是 Jane。"

这一幕，我已经想象和练习过无数次了，我站在自己的高跟鞋上，稳稳地，并没有倒下去。他点了点头，没有再多说什么，又找别人寒暄去了。我知道魔鬼始终会来的。

不，魔鬼是我才对。

酒会结束的时候，我找到了他，虽然我已经忘了他的名字，但是我记得他的脸。他长得并不难看，甚至可以说，他五官温顺，像一个真正的好人。"你想要什么？"我问他。

他说："Jane，你误会了，我只是想请你也做我的中国代表，帮我在这里接些高价活儿。"他突然想起什么似的，摸出一张他的名片递给我。他又说："Jane，我不记得发生过什么，也不希望你一直记得，我下个礼拜就回巴黎去了。"

我跑下楼，飞快地把车开回了家，我想我要立刻和存远分手，或者直接离开上海。我这辈子也许就这样完了。打开所有衣柜，我匆匆收拾出几只行李箱，然后给自己灌了一大杯威士忌，就趴在床沿上睡着了。

第二天，六点的闹铃照旧响了，我爬起来，到淋浴间冲了澡，又给自己敷了一片消肿面膜。在梳妆台前化好妆，出门的时候我选的是一双

Tabitha Simmons 的红色山羊皮玛丽珍，Tabitha 在中国并不有名，但或许有人听过她曾经抢了某女星那名以色列未婚夫的八卦新闻。

一整天，我在公司忙得晕头转向，又出去看了好几个发布会的场地。玛丽珍鞋不会让一个女人轻易倒下去。我知道，但我宁可走到最高的地方，再被人叫一声"婊子"。Jane 可不会因为那件事，出让现在的任何东西。

Sidney 又从巴黎回来了，Sidney 就是那个摄影师。我去见了他，答应做他的经纪人，我说："你可以叫我 Mary，如果你愿意。"

"我很快就会从公关公司出来，以后专门做经纪。Sidney，你拍的片子我都很欣赏，我可以代理你。"

"Jane，我听说，你和你的男友分手了。"

"这不奇怪，我们都是做这行的，八卦总是传得很快。"

他表示不能理解。

我又说："我告诉了他真相。"

他很严肃地看着我："Jane，你太傻了，你能确信你的男友是一个绅士吗？"

我说："我不能。"

他说："你是在玩火。"

"我的确也是 Mary，已经改变不了了。黎明之前，往往是让人最感安心的时刻。Sidney，我无所谓的，一切我都认了。告诉他，为他好，也是为我好。"

他想抱一抱我，但是他放弃了。而事实不是这样的，我告诉存远，我有新喜欢的人了，是一个来自法国的摄影师。他反应冷静，我希望他能给我一耳光，但是他没有。如果他是能打我耳光的人，他就不是存远了。

存远只是拿上他留在我房间里的书和两件衬衫就走了，他说给我一些时间，让我再考虑考虑。Jane 再一次战胜了 Mary。

半个月后，存远买了戒指又来找我。

他的头发湿漉漉的，外面可能刚刚下过雨。存远笑着对我说："沙沙，你怎么都不拉开窗帘呀？外面都下雪了。上海很少下雪啊。"

我拿了条毛巾让他擦擦，又煮了热咖啡。我说："存远，戒盒就不要向我打开了。"

存远说："事情发生得太快，我接受不了，也想不出别的办法。"

他的睫毛依旧湿漉漉的，眉骨上也有水滴。过去，我很爱抚摩他的眉骨，一直觉得，挺立的眉骨是一个男人身上最好看的地方。戒盒就放在梳妆台的瓶瓶罐罐之间，是日常幸福里最刚硬的幸福。

我说："那你再抱一抱我。"

他抱住我，亲吻我的额头。我想哭，又很想大笑。过去我时常抚摩他，在他最难耐的时候，我又沉沉地睡着了。他有时候会像一个小孩子一样，在我醒来的时候，立刻假装生气。我们发明了很多私密的闺房玩笑，这是成为成人以后才能享受的某种乐趣。

我说："我们来玩个游戏怎么样？"

他说："什么游戏？"

"假装我是一个人送给你的礼物。"

我把戒盒外面的蓝色缎带抽下来，系在自己的手腕上。他笑起来："要不要先把你装在一只盒子里？"

我说："我可以从衣柜里爬出来。"

我在衣柜里脱掉了衣服，慢慢爬到床上。我告诉自己，我不是Jane或者Mary，只是沙沙而已。但沙沙也让人惊讶，她的欲望太强烈，饱含着不甘和后悔。但这是给存远的礼物呀，只是礼物。叫声充满了整个房间。事后，他眯着眼，额发湿漉漉的，给我比了一个大拇指，我突然觉得厌恶。怀表停止摆动，Mary战胜了Jane。

因为已经正式从公关公司出来，做起了专职的经纪，我比过去还忙，天天奔波在外面，没有多少时间是真正坐在办公室里的。在等人的间隙，偶尔我也敢把脚从高跟鞋内伸出来，光脚踩在大理石地板上，等人快到的时候，再把脚伸进去。我甚至和Sidney成了朋友，时常在周五晚上的酒吧一起喝一杯，或者一起在翠华吃烧味。Sidney长得很高大，行走在人群中时习惯性护着我，一个亚洲女人和一个鬼佬的搭配，在上海街头一点也不稀奇。

他很喜欢上海，但不会背着相机到处跑，冬天也穿着短裤和拖鞋下楼去便利店买烟，他甚至爱吃粢饭团。我们从没有提起在巴黎发生过的事。Sidney 很少请我吃饭，我们总是 AA 制。有一次在酒吧晃荡到两点，去翠华吃夜宵，他却早早地去把账单付掉了。

Sidney 回到座位上，缓慢地对我说："Jane，我很喜欢你，但我的喜欢恐怕会伤害你。我已打算回法国去，建议你去北京，我有很多摄影师资源可以介绍给你，北京拥有更多的机会。你明白的。"

我吃着鸡饭，并没有抬头看他。

"Jane，我觉得你并没有做错什么。"他伸出毛茸茸的大手，拍了拍我的手背。

"但那些事的确改变了我。"我想哭，但是我没有资格掉眼泪。

Sidney 真的走了，没有再回来。我听从他的建议，去了北京。做礼物的那晚，我终于对存远说出了实情。我说过的，Mary 战胜了 Jane。

到北京以后，我谈过许多场短暂的恋爱，从来没有交往过中国人。黄皮肤总是在提醒我不配拥有的那些东西。我的爱人们说："Mary，你真的很棒，从来没有见过像你这样性感的中国女孩。"

我的公司做得很顺利，公寓就租在公司旁边，租金不菲，但是我始终都付得起。我也听见有人说，Mary，不就是曾经的 Jane 吗，从南睡到北，一切都是跟鬼佬睡出来的而已。

Jane 走了，Mary 很愉快，我无所谓。

公司在东四环外的艺术区建了自己的影棚，我也有了一个合伙人——摄影师保罗，马来西亚人。在挑选合伙人方面，我并不会感情用事。时常有些时尚杂志在那里拍摄封面，我看着随拍摄前来的一些品牌小公关，时常想起我还是沙沙。沙沙曾经忘记过巴黎的事，以为一切都可以重新开始。始终没有人说出沙沙的秘密，是沙沙自己做不到重新开始。心怀恶意的从来不是世界，是自己。

保罗嫌拍杂志封面挣钱太少，要致力去做空间摄影，我替他接过几个新酒店落成后的宣传图案子。有一次去杭州的一家精品酒店拍摄，在整洁的套房里他突然对我说："我听说过一点传言，不过我不相信，但我觉得还是该让你知道。"

灯光师们都出去了，保罗让他们去吃饭。我站在簇新的地毯上，这宽大的双人床上还从没有人躺过呢。

我说："说吧，没事的，我想听。"

"说你在法国留学的时候，做……那个……"

"是说我做'鸡'吗？"

"说你只是为了买个爱马仕的包。"

我踢掉高跟鞋，躺在全新的大床上："我不否认，保罗，我对你没有什么不能说的，不过，不是为了爱马仕。"

他点了一根烟，好像房间里并不能抽烟。不过现在，没有人会管我们。

"我希望是为了爱马仕，浅薄的人就不用受太多的自我苛责。家里出事后，学费、生活费、之前信用卡里欠下的账单……而我还想把学上完。狗屁的时尚传媒与推广！如果可以重来一次，我可能会选择辍学。但那个时候，我没有。上完学回来，家里已经人去楼空，冰箱里还有剩菜，电却已经断了好几个月了。一开门，蛆流满地。我的前半生就是在这里落幕的。"

保罗只是我的合伙人，这些话，我应该和存远或者 Sidney 讲的。此刻，我如此轻易地就说出来了。在不穿鞋的时候，我仿佛就会任人宰割。Sidney 对我不错，我服务过他两次，说实话，我万幸地做到了全身而退，基本没碰见过一个浑球儿。

"你信不信，曾经也有人劝过我去做 money boy，我在阳台上抽掉了四包烟才放弃的。后来，我认识了一个整整大我十五岁的女人，她有很成功的事业，我们互相喜欢。我秉持着男人的自尊，从不愿意用她的一分钱，自己扛过了最难的时候，但是她拒绝了我的求婚。

"那时候，我自然是不会饿死了，但是我面临买房、成家这些物质积累的初级阶段，她早就走过了这一段。她有过失败的婚姻，之后只愿意再享受纯粹的爱情。而且，等我四十多岁的时候，她就六十岁了，她说她接受不了未来这样的画面。后来，我轻松纯粹地当了她一个时期的小狼狗。我很开心，真的。她在我身上可花了不少的钱。"

我笑了，朝他竖起了大拇指。

他又问我："那流言是怎么传出去的？是男友吗，还是曾经的客人？"

"我已经不想去知道。不一定是他们，我第一次做的时候，是和一个中国女孩一起去的。对方是一个普通的白种女人，有点胖，我觉得女人会让我觉得不那么危险。最开始的时候，有过那么短暂的一瞬，我觉得在我的人生长河之中，这将是不重要的事。它惊动不了任何人，包括我自己。她问我叫什么名字，我看了看自己脚上的鞋，说我叫 Mary。"

保罗说："这么重要的秘密，你不该告诉任何人。"

我说："或许当我告诉了别人，它就不再重要了。"

保罗贴心地去为我倒了一杯水。保罗高估了他在我心中的地位，其实这是我执意泄露的，就像船舱灌满了水，不得不舀出去一点。而他告诉我的事，或许只是他为了抵抗我巨大的秘密，不得不编织故事做出的交换，这样就可以让我们都感到心安。也许他也说了部分事实，可谁知道呢？他也许用了比我更多的修辞。

恐怕以后连我自己都不会知道最初的真相到底是什么，或许有时候也不是不愉快的呢。许多次要的真相像卫星一样环绕在最终的真实周围，酒店外的太阳散发出史前的光芒。我们就此错过了一天中最佳的拍摄时间。

"可以等明天。"保罗说，"行政总厨好像给我们预备了上好的红酒还有鹅肝。"

　　沙沙也许嫁给了存远。我起身，穿好鞋，准备去享受一顿饕餮。我很感谢这个下午以及保罗，如果不是侍者在对面的那个酒杯里也斟满了红色的酒，我差点会认为保罗是我想象出来的。雪花飞进来时，存远说我不过是心有魔债，他可以接纳我的一切。

　　我笑说，还是不安。

我所知道的黄玫瑰

　　黄玫瑰也老了，晚上要喝点白酒，再吃一碟日本豆腐，最近在考虑要不要冷冻几颗卵子。梁生只要出去散步都会买花，有时候是路边小贩卖的芍药，有时候是精品花店里的毛茛，很少买玫瑰。因为黄玫瑰年轻时就说过了，她喜欢蔷薇胜过玫瑰，就算被插在了花瓶里，也是一副野性难驯的样子。可蔷薇一般都是攀在别人院墙上的，要不就是无人处野生，梁生年纪也大了，今年头发白了许多，带不回来蔷薇是自然的。

　　1981 年，原本就有一个黄玫瑰了，惊世骇俗的美丽，爱人前仆后继，是那年香港作家亦舒写出来的小说女主角。那年梁生没去买来看，彼时的女友倒读得如痴如醉。1981 年他还只是香港一家电视台里的普通记者，天天跑政治新闻，觉得这个世界幸亏不只有马路上这些抱着言情小说看的女人。

当时内地的黄玫瑰才五岁，还没显露出一点要倾国倾城的迹象。她顶着稀黄的头发，连父母都不要她了。那是计划生育将成为国策的前一年，父母还在坚持要生出男孩，前面这几个女孩已养不过来，她被送给了姨妈和姨父。在另一个家庭，她偏得到善待，便很争气地长起来，渐渐就忘记了原先的父母，又或许是不愿再想起了。六岁入学，她只叫黄玫。要再长大遇到梁生，她才能叫黄玫瑰。

十五年后，梁生有了一个五岁的儿子，太太也并不是曾经爱看亦舒的那一个。香港回归在即，身边许多港人都在惶恐地移民，他却加入了一家面向内地的新电视台。那时候他早不跑新闻了，已跻身管理层，过去后，便主理着台里的广告大权。20 世纪 90 年代，简直是电视业和广告业的黄金时代。Vendor（代理媒体的公司）和 agency（代理广告主的公司）如雨后春笋，许多代理公司的服务费能收到 10% 以上，现如今呢？有的没服务费也要做，就收个微薄的月费，靠吃媒体返点活命。

梁生远望着对岸花店里黄黄白白的玫瑰，时常想起二十年前的那些流金岁月。世纪末的人间嬉戏，还没有智能手机和宽带，却不妨碍这片大陆上灯红酒绿，黄金遍地，一切看上去都会变得越来越好、越来越快，一切都蓬勃地发展起来了。女人们染发、穿洋裙、初识奢侈品，五星级酒店的大堂咖啡区还依然存在着钓到金龟婿或者上等洋人的可能。他的太太则留在香港照顾小孩和老人，因她是顶看不起内地的，去上一趟公共厕所都觉得是下地狱。梁生却已独自走过好多地方，甚至是贵州的一些还很封闭危险的苗寨。城市里的五星酒店套间多么乏味啊，哪怕能看见在香港可以收到的所有电视频道，可节目再有趣，又哪有新鲜的生活有趣，即便不走到边疆去，楼下的酒吧和夜总会也是鸿蒙初开的乐土。

"嘿……嘿，我叫 Rose。"

一个轻轻的声音在他背后响起，他正在和友人聊天，友人慧黠地笑了笑，朝他努了努嘴。他慌忙转过身去，看见一个穿着低胸吊带的女孩，奶糖色的皮肤，风吹过般的鬆发，胸前挂着一粒小珍珠，释放着某种潮湿的光晕。

"小姐，你有事？"他用拗口的普通话问道。

"我听说梁生常来这家酒吧，"她很生涩地抚了抚自己的头发，想显得风情万种些，"我在一家 vendor 做事，能不能聊一聊你们台的广告代理？"她擅自把手搭上梁生的肩膀，而他甚至懒得拂开，继续转头和朋友聊天。这样的女人，他简直碰见过一万个。

她是失落的，不熟练的，把那只尴尬的手收回来，又用它捧起威士忌，一杯接一杯沉默地喝下去。朋友趴在他的肩膀上不甘地耳语："是个靓女。"

"看起来还不到十八岁。"他撇撇嘴。等他再往身后看时，Rose 已经不在了。而她实则非常美丽，非常美丽的女人时常让男人感到畏惧。美丽和漂亮是不一样的。

离开酒吧，路过酒店大堂，他看见她坐在那里哭。她的咖啡肯定冷了，肩膀上披着一件用钩针钩的白棉线坎肩，布满了复杂而过时的镂空图案，兴许是她的妈妈或者奶奶亲手为她钩的。梁生心一软，走了过去，用一根手指在她的肩膀上点了点："我替你叫一部车，快回家去吧。"

她抬起头，眼睛里有许多眼泪："我知道是没希望的，但不试一试，他们只会说我不努力，我不想失去工作，我可以说很好很好的英语。"梁生想，她恐怕是个才从某家外语学院毕业的大学生，以为被一家还不错的公司开掉后，天便塌了。"或许你值得更好的工作吧。"他把她送上车，还塞了一百块给司机。脸蛋迟早会为她赢来许多机会，她可能还不明白。这么美的女孩子会在格子间里待上几天？他摇了摇头，看见她乘的那一辆汇进了车水马龙，就回去了。

第二天与一家知名代理谈判，梁生从西装口袋里摸出名片，发现不是自己的，上面写的是"ROSE WONG"，翻过来是"黄玫"。她什么时候把名片塞进他口袋的？梁生苦恼地笑了一下，台里的广告授权代理岂是谁的一只手、一杯酒就可以决定的？他能做到今天的位置，可不是凭着看男欢女爱的言情小说呀。之后一家作风强硬的 vendor 拿到了独家授权。午饭后在办公室默默喝咖啡的这一刻钟，他看着办公桌角落里那只染了酒渍的名片，不知为何拿起一支铅笔在"黄玫"后面那块淡黄而圆润的水印里加了一个"瑰"，慢慢地就想起二十多岁时与女友乘小轮渡海的无数个淡黄而圆润的晨昏。

最后，他们是在船上分的手，她把他送的黄玫瑰扔进了腥咸的海浪。黄玫瑰是有分手的寓意的，不只是她喜欢的小说女主角的名字。年轻时，他可能一点都不懂女孩子。最新的一条香港本地新闻滚动进来：“天星小轮庆祝其成立100周年。”啮，这上白下绿的小轮竟然已经渡人一个世纪了。他想，要不要也渡一渡她？她并没有犯什么错，而他对她，也没存什么非分之心。

而那天说来也是巧。

中午，在一家闹哄哄的茶餐厅，他正在专心吃碗里的面，有人擅自哐啷哐啷地坐在他对面的座位上。抬头一看，是那位黄玫瑰，眉开眼笑的，没有半点愁容在脸上。

“梁生。”她亲昵地用粤语叫一声，还把她的那一碟叉烧往前推了推，与他的面碗碰在一起。

“我可是因为你而被辞退的，现在不做vendor了，去了一家agency。”

她今天没穿那种薄、露、透的低胸吊带，是熨烫过的白衬衣还有藏蓝色阔腿裤，但珍珠还是那一颗。

“但我没资源哪，能不能介绍一两个好客户，让我先活下去？”她嘛嘴，但也算不上太过娇滴滴。

梁生苦笑了一下，看来她并不是他曾想象的那种弱不禁风的玫瑰花。也是，做广告的，如果脸皮薄，是做不下去的。那天晚上她哭，估计也是故意哭给他看的。

"先让我把面吃完嘛。"他佯装有愠色。

后来，她自来熟般谈起她的新工作和业务范畴，而他则吃下她的一块叉烧。她知道她是有戏了。

梁生后来介绍了一个非常大的客户给她，那个品牌的负责人与他是故交。黄玫瑰吃定这个品牌的媒介代理权，公司第二年就升了她做manager。这便是黄玫瑰后来事业的起点，而梁生其实也就帮过她这一回。之后的十年，他很少想起她来，他被濒临崩溃的婚姻、从电视台出来自立门户做公司诸事弄得精疲力竭。他五十一岁了，为什么突然看起来一无所有了？他原来根本不是一把做生意的好手，苍天竟要他到这个年纪才明白过来。

为空空荡荡的办公室熄掉日光灯后，他打算走路回公寓。安安静静的林荫路上，突然驶过来一辆招摇的黄色跑车。车在他身边降下车窗，一个艳光四射的女子冲他拼命招手："梁生，是我，我是 Rose 呀。"

比起过去，她胖了不少，但依然有张令人过目不忘的脸。她请他去她家坐一坐。梁生想，这有什么呢？他都快是半个老人了。

黄玫瑰家里并没有玫瑰，搪瓷花瓶里插了不少野性难驯的蔷薇，但是花期很短。黄玫瑰说，基本第二天就谢了，花骨朵也不会真的盛开。花店里很少卖，有时候路边的小贩会卖一些，也就是这个季节有卖。

另外就是有许多只猫，都不是什么名贵品种，但都像它们的女主人一样多少有些娇态。"喜欢猫？养这么多？"梁生站在地上不敢动，猫咪们都围在他裤腿边打转。

"其实都是一些朋友不要的。母猫生下了一些小杂种，主人嫌不纯，我就领过来，渐渐就养了这么多。"她给他倒水，拿烟灰缸和水果。他陷进她柔软的沙发。屋内许多家具一眼看上去就知道价值不菲。在车上她就告诉过他，她如今自己做了一家广告公司，这两年在股市里又狠赚了一笔。是啊，快奥运了，各界各业都疯转齿轮，他却成了不得不慢下来的那类人。

后来他突然想起什么来："你知不知道香港有个女作家叫亦舒，她笔下有个女主角叫黄玫瑰？"

"我像她？"她喝她的威士忌，一脸疑问，几只猫钻进她的怀里。

"不，你不一定是像黄玫瑰的，但你倒是有点像亦舒笔下那种女孩子。"

"哦，是吗？"她好像很困惑的样子，"不过我的确爱看言情小说，但我只看琼瑶的。"

梁生一呆，便不再作声。她见他吃了一惊，便又说："也许生活令我太累，又也许，我没有什么文学品位。"

他后来就笑望她，觉得生活往往比小说要有趣很多。后来他时常去黄玫瑰家坐一坐，也常听见她打电话谈生意上的事，有时千娇百媚，有时粗口成篇。她是那种美而自知又有赌性的女人，生意场需要这样的女人。那个奶糖色皮肤、鬈发像风吹过般的少女，可能只是他意气风发时期的一个幻觉，又或许是记忆里那个初恋的变形。

他起身告辞，她拖住他不让他走，说还有几件事想问问他的意见。他说："玫瑰，你早就能独当一面了，不需要我的意见。"

黄玫瑰说："但在我心里，我始终不及你的万一。想挣一些钱其实并不难，但有时候我并不喜欢那样的自己。"

"但我怎么觉得赚钱是难的？做一回好人其实非常容易。"

后来梁生渐渐没有了事业上的宏图大志，成天和一帮同好四处骑自行车。有一天去一座郊区古刹附近骑车，他不小心摔断了腿。第一个闻讯赶到医院的是黄玫瑰。他看见她，却慌忙掩住自己的脸，不知道为何这么紧张，或许是自己都没意识到，他从来不愿在她面前露出虚弱或者不体面来。可黄玫瑰天天都要来医院，不管他愿意不愿意，反正一直照顾到他能拄着拐杖出院。

他说："你别再跟着我呀，我自己可以的。"

她不管，跟着他进了家门。她给他沏茶，递遥控器，打电话叫外卖。

"洗澡你也要跟进来？"他慌忙按住浴室门。

"别泡澡，简单淋浴下就可以了啊，有事叫我。"

梁生的腿完全好了以后，她还是常来看他，嘴角有一抹自得其乐的微笑："我就是愿意和梁生待在一起呀。"

他训斥她："一个女孩子，不要老是往男人家里跑，你要多考虑自己的终身大事，你已过三十岁，不年轻了。"

"真好，我就是讨厌年轻。"她用手指绞着靠垫上的那些流苏，不看他，"我打算以后跟你在一起。"

梁生差点一口茶喷出来："我大你二十岁！"

"二十岁怎么了？反正没有人要我，而我又正好想赖在你这儿。"

"我不信没人要你。不要再开这种玩笑了，我不愿意。"

"可我愿意。"

"玫瑰，你是不是有所会错意，我从来没有对你产生过别的心思。你在我眼里是个可爱的姑娘，如此罢了。"

"但你是对我有恩的。"她认真地说。

"那都是十年前不值一提的小事。"他都要愤怒了。

"我其实也不知道爱情是什么，我甚至都不懂亲情。但我是懂恩情的，你于我有恩在先，这是我心甘情愿的报答。"

"我不要你报答我！"他差点要跳起来，"我希望你好，挣更多的钱，做更大的事业，结识更出色的男人。我希望你风流倜傥，活色生香，敢恨敢爱，不为小恩小惠牵牵绊绊。你可以做更了不起的事——那些我都做不了的事。我是个再平凡不过的男人，如今你已经识人无数，是可以看明白的。"

"我就是看得明白，才知道我要找谁、做什么。我不平凡吗？我生下来我父母就可以嫌弃我，不要我。我是姨妈和姨父养大的，他们宁可自己少吃少穿，也不愿亏待了我。我从毕业就开始挣钱，把钱基本都寄回给了他们，那时我自己都快吃不饱饭，但还要去养别人不想养的猫。我为了工作、为了挣钱，什么都做得出来。但我一点也不觉得心酸或者委屈，我其实很快乐。人一辈子就是个容器，什么都是能往里装的，就看你是个怎样的瓶瓶罐罐。我是一只这样的罐子，就注定了我想要这种形状的生活。"

他拿那根已经不用的拐杖把她赶了出去。他没有被感动，反而伤心更甚。他五十岁了，就不值得爱了？已经要用上别人的恩情了。他不是没有一丝对她不适当的喜欢，但她真的没看出来，以为自己在一厢情愿地报答他。她离开的时候，他偶尔可能会有一丝的怅惘；可她要跟他生活在一起，他简直羞愤难当。

但黄玫瑰不是善罢甘休的类型。

她又当什么事都没发生过似的，时常盘桓在梁生的身边。他后来也有些释然，或许是自己就将迈向耳顺之年，却未如年轻时所期望的名成利就，给不了别人试图依附或者利用的价值，仿佛就因此矮下去了一截。说白了，是自己觉得已配不上年轻气盛的玫瑰了。这份自尊心，他觉得倒也挺可笑，要不，就甘心做一个无事可忙、随遇而安的一般老男人好了？至少他现在还没有啤酒肚，衣食也无忧，生活不就图个平安喜乐就好？

而最近，黄玫瑰的公司被一家外资集团收购了，她便又豪气地为自己换了一辆更好的车，距梁生上一次骑车摔断腿，又一个十年就这般过去了。他还是骑在那辆自行车上，说："好哇，财富在一个人年轻时就来了是最好、最尽兴的，年轻人，不开跑车开什么？"过些日子，她炒股却炒没了一套房子的钱，回家后便伏在梁生膝盖上哭，梁生又安慰："有什么好哭的？钱来钱去，平常事情，你是没见过世面还是怎的？"但他还是怕她会伤心过度，她是一个相当看重钱的人。但黄玫瑰抬起她的脸，虽然有点泪，但分明是笑着的。

后来大家都以为他们结了婚，毕竟二人一起生活也这般久了。梁生散步回来，她的那碟豆腐已经吃完了，猫在她怀里睡得死沉死沉。用人把蔷薇从梁生手里接过去，插进大餐桌上的玻璃樽里。今晚有宴，过了一刻钟，便渐渐有客按铃进门，黄玫瑰收了碟子和白酒，笑眯眯地招呼起来："快坐快坐。"来人有的是生意伙伴，也有新朋旧友。话题自然俗气，不外乎钱与情。梁生听他们聊，偶尔也说两句。用人不慌不忙地上着菜，一次又一次为客人们更换骨碟。一个女人嗓门儿尖细地问黄玫："玫玫，你给你老公天天吃的什么，怎么始终都是四十岁的样子？"如此拙劣的恭维，梁生如今竟也能有一分受用，他但笑不语，伸手抚了一把自己的后颈。黄玫瑰撒着娇嗔怪："不是老公，是男朋友，别乱叫哈。"

餐桌上的人纷纷大笑，梁生觉得这没有什么好笑的。不过也是，一把年纪还是一个人的男朋友，想想的确有些老不羞。他也跟随着憨笑两声，拱手离席说要去楼上喂猫了。也有人不知趣地想拉他再喝几杯不让走，黄玫瑰就拦下客人的手，蛮横地把自己的酒杯与对面人的碰到一起，杏眼圆瞪说"今晚不醉不许回家"。

梁生上楼后，回书房写了几个字。透过书房的竹帘能俯瞰下面的餐厅，那里有花有酒，肉香四溢，欢声笑语，恐怕将绕梁三日。他的桌案上有一只大肚白瓷瓶，里头插了一把静谧的黄玫瑰，应是黄玫瑰买回来送他的。

他想了片刻，在宣纸上不由得写下了"恩情"二字，看上去，饶是比爱情

更悱恻一些。

如何让女人免于心碎

CHAPTER ❸
巷子口的蹄髈与密室中的镜花水月

如何处理钢琴教师的骨灰

如何处理钢琴教师的骨灰

九九去世的事，我没有告诉别人。

她的书依然在网站畅销榜上，如果她还活着，一定会流露出一点鄙夷。这两天总是突然下雷雨，她这个一楼的小苗圃里，向日葵的花瓣七零八落，小辣椒和小茄子都矮矮挂在那里，还活着呢。

这个 20 世纪 80 年代的老小区，破败是破败了，生活气息并没有淡去，可能是老人多，都习惯活得安静了。她租的这个一楼小一居，采光其实有点差，但老房东占了外面的一点地，圈出一个小菜园来 . 九九住这儿后，就喜欢在里头种点花种点菜，葡萄藤顺着铁丝防盗网把阳光遮得更严实了，她觉得好，她不喜欢晒到太阳。

屋子里的这些东西，由龚先生处理，一切都照她的遗书来善后。她的朋友并没有我想象的少，不一会儿就陆陆续续地来了好些个。当然，他们认识的是鞠小姐，只有我认识的才是九九。

九九，是鞠小姐的笔名，而我是她的编辑。纵然我有她的真名实姓、身份证照片跟编号、银行账户、地址与电话，以及断断续续听到的关于她的事，但这不能代表我就有多了解她，或者我们的感情有多深厚。就像她不齿她写的那些东西能卖一样，我也早就不觉得作家是什么稀罕物，何况她可能还远远称不上作家。她从来没想当作家，她只是需要一个法子讨生活，但没想到这回讨得还挺丰厚，全凭运气，她说："我的生活都是全凭运气。"

即使不听她当初所讲的，就凭她写的一些东西还有见识，也不难推测，九九的确过一段好日子。她的生父不详，后来母亲嫁给了一个有钱的男人，婚礼还是去意大利办的。她从小学钢琴、法语、意大利语，甚至在欧洲住过一段日子。等这个继父去世时，她已经顺利地长成一名神情老练的少女，这不得不说是一次对生活的险胜。但她母亲恐怕不会这么觉得，因为她们母女没分得什么财产，这是他们的婚前协议造成的。她说，她妈哪能想到他竟会死得这般早。

母亲再嫁，却越嫁越差，最后跟了一个意大利的糟老头子，住在一个鸟不拉屎的小城，只能去做超市收银员。九九留在国内没跟去，她要念大学，虽然念的学校很一般。高中时，她还读着私立学校，以为以后要去美国上大学，学的东西就根本不是拿来应付中国高考的。后来，她又只好转去一所普通公立学校读高三，最后勉强上了一个一般大学的英文系，到这时，才被检查发现心脏有先天性问题。九九以前老是觉得胸闷，但是在颠沛流离里，这点小痛是不值一提的。但医生对她说，她的二尖瓣问题严重，需要动一场大手术："不然也许得一次感冒或者肺炎，你就跟别人结果不同，你轻易就会有生命危险。"

九九无所谓，她总说，生死有命呀。那时的想法是先勉强把这大学四年熬出来，她妈经常不给她寄生活费，做手术哪里有钱？

毕业后，九九也去写字楼里做过事。打那时算，又过了四年，心脏的问题果然越来越明显。谁上班做新人都免不了早出晚归、加班劳累，她在办公室晕过去许多次，把同事跟上司也吓得不轻，最后只好辞职。"还好，会弹钢琴，只好去当钢琴老师，静静休息的时候可以多些。"

讲这话的当口儿，我正让她拟一个要印在勒口上的个人简介。她可能正闲着，才和我聊起这些自己的事。这些事她可从不写进书里，在书里，她鼓励别人怎么活得潇洒恣肆，在功利的世界如何挣得一席之地，又怎么在情场较量中披荆斩棘，是时下最流行的那种"微毒鸡汤"。最后，经我们二人合计，决定在勒口上写下矫揉造作的一句："都市生活的胜出者，半亩花田的守护人。"后面还有一长串，但是被主编否定了，他觉得不够戳痛点、不够煽情，于是亲自拿去写了。他不了解九九，但是他了解市场。

　　九九不能上太多课，需足够的时间待在家中静养，收入自然不多，但这套老房子的租金至少可以应付。她在小菜园里陆续种了香葱、罗勒、薄荷、迷迭香、辣椒、茄子还有西红柿，这点香草蔬菜当然替她省不下几文菜金，但乐得修身养性。家中没钢琴，她经常把手指翻搅在潮湿的黑泥里，多数时候就拿房东留的老 DVD，日复一日地放着钢琴曲。

　　九九有一个最稳定长期的学生，是一个上小学二年级的小女孩。这家人是她的一个大学同学介绍的，富裕慷慨，是理想的雇主。她坐在钢琴旁，拿一支细棍轻柔地纠正小女孩胖乎乎的手指，从不敢真正地打下去，哪怕用十分之一的力气。而她当年是挨了多少手板心，才能像今天这样十指翻飞，两只眼睛盯着五线谱，一切似乎都不用过脑神经，双手就能自己思维，自己运动，自己评价好与坏。这都是从辛苦而重复的强制性练习里得来的本事。就像古代训练小偷，是从滚油中捞出铜钱，练到最后，能瞬间攫起，手指不伤一毫一丝，便可以出师了，又或许，是手指早就被烫麻木了。

　　龚先生很满意他女儿的这位钢琴老师。他并不是要女儿做一个乐童，做乐童是辛苦的，他只不过是想让女儿从小培养一个看上去颇为高雅的爱好，尽量不让她半途而废，所以不能太紧，但也不能太松。九九看着他时，偶尔会想起曾经的继父，他倒是跟龚先生一样心性宽和，奈何她年少时极为要强，别人不做要求，便自己严格要求自己，主动去找最严苛的老师来教，想让自己比他的孩子都要出色。可最后还不是一场空？后来她性情变了，不再争强好胜，除了际遇的大起大落，当然还有身体原因。九九说，要强的那个自己是必须感谢的，如果没有那个她，到如今都不知能用什么手段糊口。

龚先生后来送了她一架旧钢琴。他女儿虽然钢琴还没过几级，家里的琴却已经换了好几架。九九收下了，但并不愉快，她会嘲笑自己：贫贱时，还要什么自尊呢？

我觉得她有一点刻薄。那一刻我正坐在她家里，龚先生刚刚离去。她用手指随便试了几个键音，像是在和谁赌气。

"主编说，有一小半的文章都需要你重写，那些可能过于成熟了，我们的受众年龄段要往下走，那才是这类图书消费的主力人群。"我声音不敢太大，怕惹得她更怒。

她却无所谓地点了点头："行吧，我尽快写。但说好了的，交稿后一个月内就得先预付我一万。这个条件没变吧？"

"没变。"我说。她其实对畅销这件事从没报什么指望，有钱，最好是快一点有钱，哪怕一点，她都会满足，从这一点说，她是个相当听话的作者。之前她在几个不出名的杂志上写了点小专栏，偶然被我们主编看见了，觉得可以包装一下，做成书，就把这个选题分派给了我。但书名和封面始终由他掌握，这两样才是一本书能畅销的关键，写得怎样有时候其实并不重要，更不说编辑得怎样了。

我此行的目的已经达成，正准备起身走，她突然说："我妈本来让我去意大利，机票钱都已经替我打过来了，我收拾好了行李，办了所有的手续，她又让我不要过去了，她说她不想再带着一个累赘。"

她直直看着我，我却没有那种辞令能快速而恰当地安慰她。但她对我也根本没抱这种指望，只是看向另一个方向轻蔑地笑笑："感觉我才是个老母亲，她是叛逆期始终没结束的小婊子。……不说她了，你走吧。"

她的心可能是从油里捞过铜钱的，至少我没看出她过于伤心，这样也好。

九九后来补上来的稿子，以爱情类的居多。

那天她突然跟我讲母亲的事，也许是想让我不过分揣摩龚先生的到访和他送的钢琴。她是这样的人，适时讲给你一些有必要讲的事，让你捉摸不透她真正的喜怒哀乐。

在文章里，她拼命为别人的情感问题答疑解惑，但是除了教钢琴，她平时基本大门不出。随稿而来的，还有她提交的作者照片。她背对镜头，蹲在一片逆光中，黄昏替她勾了一个毛茸茸的轮廓。那些随之而来的问题，也许是这个背影想象的，也许的确是她的经历。

后来，她写了一篇小说给我，讲一个女孩和一个有妇之夫的恋情。我告诉她："婚外恋这种事，现在出版审查得很严，可能会难以通过。而且，主编说，你不适合写小说。"

她没回话，之后便又规矩地交来几篇"鸡汤文"。但在看过小说后，我内心忍不住揣测，难道她和龚先生真的有一段情吗？这个龚先生，仿佛还算我们主编的一个熟人，听说他和太太的关系一直不错。小说里，他用离婚以示他感情的真诚，她却不接受。而且她还出言不逊，用一切难听的话羞辱他，却还是被动地融化在一段爱情里。但是她永远绷住一口气，她总说，她会离开他的，她年轻貌美，还有大好的前程要奔。

我看完，忍不住笑，不是嘲笑，而是觉得这还真挺像九九的呢。如果这段感情只是她的想象，一个写作的人，倒是有这种想象的权利。

中秋时，公司要给作者们送些水果和月饼。九九住得离我们很近，于是就由我送过去。她家门口的那只枣色矮几上，已经放了一堆礼物跟点心，其中还有一家知名寺院出的素月饼，在市面上一盒难求，不用说，一定是龚先生送来的。

"这么多月饼，要吃到什么时候去？"

她从椅子上站起来，皱着眉，接过我手里头的东西，也放到那只矮几上："吃过午饭了吗？要不要我给你煮一碗面？"

我慌忙说不用，她已经去小菜园里摘了两只红艳的番茄。

"你别太劳累了。"我有点不安。她却白了我一眼："你不吃，我总要吃吧。"

最后的面，肯定还是有我的一碗。吃完后，她又泡了一点小种红茶，拿出两只月饼，做我俩的饭后点心。

"你看这上面有什么你想吃的，尽管拿回去，分给别的同事也行。"

我说，不了，下午就放假了，同事回去也都大包小包的，公司竟然给我们发了一大包杂粮米。

她不说话，我突然有一点歉疚。是啊，马上就是中秋，应该是举家团圆的日子。我要不来，她也就是一个人喝茶叶、吃月饼。

"龚先生对你真好，他好像很爱送你东西。"我看着那只矮几，突然说了这话，说完又觉得不该说。还好，她没嫌我好管闲事，只是面无表情地点点头。

"你是不是觉得他喜欢我？"她突然瞪着我，我有点发毛，她可没有长一张容易让人接近的脸孔。

我赶紧摇头，她冷笑道："他说我像他大学时想追又不敢追的隔壁系女同学。"

我低头喝着茶，她又说："我知道，这不过是一种很安全的恭维罢了。"

随后是一阵沉默。她缓缓咀嚼他送过来的月饼："我不是他喜欢的类型啦。他喜欢那种活泼阳光又听话的，陪他游泳、打网球，随时能为他而大笑，我见过那个女孩一次。他可能马上就要离婚然后再婚了。"

这个龚先生固然喜欢送她东西，那些别人送他的，而他一时半会儿消化不了的——戏票、茶叶、果篮、点心、漂亮的水晶杯和英国瓷器，他都慷慨赠送给了这个温情脉脉的钢琴老师，可能他的确没把她当成外人，又或许是体恤她的拮据。

我有点不想承认，九九在大量时间里都是寂寞的，她甚至没有机会得到一份越轨的爱情。

而她的书终于赶在国庆期间上市了。

这个系列，主编一共策划了九本，她的只是其中一本。我们从没追求本本都能畅销，但东方不亮西方总会亮，只要能出来一本，就算是成功的。最后，是九九的那一本火了。主编总说，畅销这件事吧，也就是尽人事，听天命，有时候，有的东西其实也说不清。

她那本真的卖得很火，火得叫人担心。一些语录被明星和大V转发后，微博粉丝数激增得骇人。九九从未在网络上露过真身，有人说要扒一扒她，她一度很害怕，好在后来也没了下文。这类书，往往都是书红人不红，一阵热闹过去后，书照卖，人照活在勒口上，她依然是云游四海、阅历丰富的"白富美"。

春节前，跟她结算首印版税和截至年底的加印版税，她一次就入账了八十万。而书还在继续加印，半年后再次结算加印版税时，说不定比这次的还要多。我劝她，现在有了钱，赶紧先去把手术做了。她说不着急，现在她连钢琴都不教了，成日在家静养着，身体好得很。

"你连龚先生家也不教了？人红后果然就自大了。"我开起玩笑。

"他已经办好离婚了，孩子被判给太太，带去美国了，再也不用学钢琴。小妞妞解脱了，最后一堂钢琴课时，你不知道她有多快乐。"

"那你以后是什么打算？要不索性好好当畅销作家吧。不多，一年写一本就成。"业务方面我不能放松，赶紧打蛇随棍上。

"那种东西，写一本就够了，还要写？竟然能卖这么多，我真是不懂。"你看，她嘲笑我们的职业。

"好歹是挣到了钱啊，总比坐办公室和教钢琴清闲些吧。"我试图辩驳。

"唉，我这辈子，明明想靠一双手挣点辛苦钱，老天却不给我这种机会，偏要我以这些不够干净的钱为生。"

"喂喂喂，我们也只是要你卖文，没有逼你卖身吧。"

她就笑了，反正她的笑话总是要刻薄你三分才行。我真的希望她拿钱先去把手术做了，之后何不就云游四海，作天作地，谁怕？

半年后又结算了一次版税，她是个名副其实的小富婆了。我找了个周六去拜访这位当红作者，劝她继续写书，当然，先要去做手术。

"我不想写，也暂时不想做手术，放心，我不会那么容易就死的。"她没好气地蹲在她的小菜园里，把罗勒的嫩尖都给掐下来了。

"手术，再等几年也没事的，如果突然死了，也没有什么遗憾。倒不是说我有多不怕死，而是无论什么时候死——早死、晚死、病死、饿死，反正永远都不会有完全准备好的一天。"

那一天，是我最后一次吃九九做给我的面——青酱意面。

拿松子、海盐、橄榄油和新鲜的罗勒叶打成青酱，拌进煮得还有点硬芯的意大利面里，味道简单辛辣。她说她要出门做一次长途旅行，要去摩洛哥、葡萄牙、西班牙、法国、奥地利、希腊，不确定会不会去意大利。她说，她想把这突然得的钱都挥霍完，过一段自由散漫的好日子，前途，她先不去想了。

我又劝了她几句，她不可能听进去。她迫不及待要离开这只日光难进的小笼子。我为她担心，又十分羡慕，她终于有了资本和自由，能依着自己的性子生活，欲望重新丰盛，还好貌美年轻。钱，的确总是一个好东西。

而九九走之前，在 QQ 上跟我留了言。

她说，她想遇见一个充分的爱人，得到一段见血见骨的真情，此生也就不虚了。

我上班开机才看到这段突然跳出来的话，是她半夜留给我的，不知她那时那刻到底是如何的心境。

我徒劳地回："你还是应该先去做手术，真的。"

她看不见我的唠叨，应该已经出发了。

之后，我还是经常给她发邮件例行催稿，叫她不能红了以后就骄傲。发许多封邮件给她，她只回过我寥寥几封。她说，她忍不住还是去了意大利，在圣托里尼遇见一个挺不错的小伙子，正在忘情地约会。她没说她有没有去看她母亲。

而九九的死讯来得非常突然，尽管我似乎一直有心理准备，但消息来时，我们实在不能接受。因为是死于车祸，肇事者是一个醉酒而悔恨的普通人。警察最先联系的是龚先生，他是她手机里的紧急联络人，而我们都不知道她母亲的联络方式。

龚先生是一个非常周到的人，他不辞花费与劳顿，去意大利接回了他女儿钢琴老师的骨灰。在她家里，我们也找到了她之前写的一份遗书，她不知道心脏病何时就会突然要了她的命，她是个心细的人，早有准备。

那张信纸上写着，将钢琴还给龚先生，其余的都不是什么值钱的东西，该送人的送人，该扔的扔。骨灰不要留着，随便撒到什么江河湖海里。遗书上还写，有一个重要的绿皮笔记本，一定要转交给我，那里头有她所有秘不示人的真正想写的东西。但我们翻遍她家里所有的抽屉都没有找到那样一个绿皮笔记本。本子可能被她随身带往国外了，没有人知道它现今被遗失在了哪里。

一个年轻男孩站起来，按灭了墙上的电灯开关，点亮餐桌上长长短短的蜡烛。他说："鞠小姐不喜欢太明亮的灯光，喜欢蜡烛，她曾经跟我说，灯光把一切都照得太清楚了，她反而会觉得害怕。"

已经是晚饭时间，有人说要不要吃点什么东西，我便去厨房给大家做了九九最后教给我做的青酱意面。屋里响起了钢琴曲，是她最喜欢的意大利钢琴家波利尼。

我们一边吃饭，一边聊了会儿，彼此打听她故乡还有没有什么别的亲人。龚先生没有进来，他把自己关在车里。从我这个方向能看见他在驾驶座内的侧脸，他哭得好夸张，但车窗密封了他所有的声音，我们的耳朵里只有钢琴的旋律。

他也许喜欢过她吧，或者拥有我所不了解的感情与故事。但在我眼里，九九在大部分时间里都是寂寞的。

龚先生是一个好人。九九真幸运，又真不幸。

到此刻，我才开始哭，哭得不能自已。

回春燕窝膏

　　这种朱门青瓦的院子，肯定不是依循我们本地的建筑传统建的。坎宅巽门，大门开在东南方向，跨进去是一面照壁，上面绘着不知名的怪兽，更像北京旧时候的四合院。

　　我捧着面，盯着那怪兽的大嘴看，我喜欢琢磨这类稀奇古怪的东西，燕娘也看了那怪兽一眼，说："过去的人呀，会觉着自己的宅子里不断有鬼来访，便修上这么一堵墙，以断鬼的来路。"她随手拂过照壁，像是拍了拍一名忠仆的肩膀，"因为据说小鬼只走直线，不会转弯的。"然后她让我转弯去东边的厢房，"面先替我放桌上，我去厨房看一眼就过来。"

　　我不知道这座四合院存在多久了，从外头看，看不出什么名堂，不过是一溜溅上泥水贴满牛皮癣似的小广告的灰砖墙，跟这座小城里的任何街墙没有分别。内里乾坤，要进了那扇朱门才窥得见。寒假里我闲着也是闲着，只好帮家里的饭馆送餐。这座四合院里的人常打电话叫我们馆子的蹄膀面。我来送了几次餐，知道了这座四合院的主人叫燕娘。她说她已经五十岁了，但脸上明明没有一丝皱纹，看上去也就三十岁出头。燕娘是卖燕窝的，她夸大自己的岁数根本不稀罕。

东厢房的桌上摆了几样果脯和点心，我见没人，便挑了一只塞进嘴里。蹄膀浇头多捎了些汁水，淋在银丝细面上，再撒上切得细细的青葱。燕娘进来时，我已给她把面伺候上了，她高兴，递上百元粉钞，从来都是不要找零的。

"不上学了？"她咬紧蹄膀，吸一嘴称心如意的油水。

"放寒假呢。"我在屋子里转了转，打算多磨会儿洋工再回去。

"念的什么学校？"

"一个医专。"

"学什么？"

"护理。"

她家的屏风搞不好还是紫檀的。

"那有什么前途？出来当个小护士？又脏又苦。"她翻着两片油汪汪的薄嘴皮子，瞧不起人。I don't care，我就当这婆娘五十岁了。

"要不你到我这儿来帮忙？薪酬好说。但在我这儿，不能染发、戴假睫毛，不能化浓妆。"

我把见了底的蓝花大碗收起来："我家人手都不够，不必了。"

　　我妈凶得跟个母夜叉一样，也没见管我染什么颜色的头发、化什么样的妆。路过小卖部，拿那张百元钞买了包烟，破出一堆零钱塞进口袋，一时鼓鼓囊囊的，里头还有一支我从她家"顺"出来的香奈儿唇膏。回了家，打开黑色金属盖，旋出里头的膏体来，大红色、亚光。

　　想要点零花钱时，我就又去她家送餐，靦着脸叫一声"燕娘"。

　　"我后天有贵客来，你过来帮我一点忙。"

　　"我什么都不会，只会端盘子。"我说。

　　"我也指望不了你太多。"她拿烟杆子往西边指了指，"叫你爸做十二份浇头，湿面做好了，带过来，在我的厨房里下，面还是要刚出锅的最筋道。"

　　"我来下？"我指着自己的鼻子。

　　"不然呢？"她说，"你事做好，别说话，少乱看，少不了你的好。"

　　"在饭点儿，你浇头一点就十二个，我妈肯定不接这种单。我家店小，浇头又都是一个接一个地现炒。堂食的人平时就等得火大，全靠我妈的暴脾气压着，为一碗面忍到吃完走老远才骂一声娘。"我坦然坐下，嗑她一点瓜子，"没办法，谁让我家的面好呢。"

　　她拉下脸，弯腰拿出一条好烟："就不知道去打点打点你爸？"

　　或许她真有五十岁，乐得溺爱小辈，做什么都只是图自己一时高兴。

　　煮面的晚上，那个有点年纪的女明星走进来时，我是没认出来。她没化妆，脸色看上去比我妈的还要晦暗，五官也淡淡的，没有丝毫神采。一个剃了寸头的女助理跟在她后面，她进屋以后，那女助理就一直留在外头打手机。

　　两个人吃饭，还要十二份浇头，啧啧。我把十二只瓷碗摆进一只大茶盘内，焖肉、焖蹄、爆鱼、爆鳝、虾仁、腰花、肉丝、卤鸭、三鲜、肥肠，还有一份葱油、一份蟹黄。面给她们煮得稍微硬一些，燕娘要吃肥肠和三鲜的双浇头；那个女人恹恹的，最后拿指头点了点虾仁，接着就迫不及待地抓住燕娘的手："燕娘，你可得帮我！"

　　燕娘说："我们先吃饭，面结住可就不好吃了。"

　　女明星对吃面没有兴趣，但燕娘吃完一小碗，又叫我下新的。她真能吃，而且什么味道都想尝一遍："都跟你说了，最近缺货，你还是要来，来了就只有面，不过这面好，小城里头也是数一数二的。"

　　女明星还是不依，急急忙忙从包里掏出一只藏蓝色的盒子："燕娘，求你了。"打开一看，是一串御木本的珍珠项链。

　　燕娘说："我再想想办法吧，明天给你准信儿。"

　　女明星抹掉不知啥时候流的眼泪，急急忙忙就走了。燕娘要我坐在她的位子上："秀秀，愿不愿意帮燕娘一个小忙？这珍珠项链，燕娘就送给你。"

　　但我也不傻："什么忙，你倒是先说说看。"

　　"我这秘炼的燕窝膏，得现采十八岁姑娘的活血做引子，之前用的一个血女，到年纪，便也走了，新的还没物色妥当。不会太多，一次一盖碗。

那个女人，心急得不得了，下个月好像是要参加一个什么电视节目，说她的燕窝膏不能停。"

"这燕窝吃了能怎样？成仙？"我抓了一把开心果，慢慢地剥。

"成仙有什么意思？坐在青灯古佛旁边？人要有七情六欲才有意思。"她笑。

"那到底吃了能怎样？"

"这是一种古老的回春术，吃了当然是皮肤紧致细腻、皱纹淡去，岁月仿佛倒流。"

"打针不就行了？现在整容跟注射都方便得很。"好歹我也上了一个医专。

"整容？整不出一种少女的明媚，只会越整越老，变成一个不过是没了皱纹的妖怪，"她把手伸进我的后脖颈儿，"外面看上去还是一层金玉，里头早就是一团败絮了。"我脊骨一凉，赶紧站起来，她手指的触感还留在我的背上。

"我在马来西亚有自己的燕屋，我家燕屋里的燕子，跟别人家的不一样。"她很得意，"再加之，炖制方法特殊，吃上几天，脸上就能看得出变化。"

我哼地一笑："我才不信有这种神奇，那东西，说白了也就是一种普通蛋白质，含量还比不上豆腐皮跟猪皮。虽然吧，我以后只能当个小护士，但我还是晓得一些道理的。"

燕娘但笑不语，她喝了一口茶，才接着说："我的燕窝与别人的不同，自有不同的道理，既然你这么好学，不如就帮我这一次，顺便也亲身一试？"

"不了，我还是选择相信科学。"我开始收拾我的盘盘碗碗，她懒洋洋地也站起来："秀秀，人这一辈子若能活得像样，事能成全，都是看机缘的，你有比别人好千百倍的机缘，你却不知道把握。"

但我只知道，发大愿者必经魔考，要求的东西是这般殊胜，付出的代价肯定不一般，谁知道她还会要我什么。我没理，径自往门口走去。

"一辈子就抹街边小店二三十块钱的口红？找个平庸的糙汉，以后生个孩子，还是在街边泥水里头爬，读不出书来，又开始新一轮循环？我还以为秀秀是个不甘心的人。"

我站住，她瞬间就到了我身边，从我的衣兜里拿回了那支口红。我两只手都端着盘子，只能眼睁睁地看着自己丢人现眼。

"你要是想通了，明天就再来找我。就当是献了一回血，珍珠项链你拿着，不愿来，燕娘也送给你。"她把盒子放在我的茶盘上，"燕娘是喜欢你，才挑中你，肯定不会害你，不然还用这般苦苦相求？"

回到饭馆，丢下盘子和碗，我上楼就倒在床上。

我爸问我要不要下来吃几只馄饨，他特意给我留的虾仁玉米，我蒙在被子里大喊不用了。

燕娘的那个四合院，就像另一个世界的入口，那些风华绝代的人，为了美貌年轻，什么都敢做敢付出。燕娘说过的，娱乐圈也是偏门，里头的人最明白蜡烛要烧，点两头才更亮的道理。为了永远站在顶峰，可以无所不用其极。若有本领，哪怕是邪门歪道，只要能让人驻颜有术，就会是一本万利的好生意。不就献回血？她到底还有什么本事？应该不会把我怎么样吧，我不想一辈子只吃客人没点才剩下来的馄饨跟面皮。

那条珍珠项链我不舍得还，献她一杯热血，就当我梁秀秀也是讲义气的人。

采血后又等了好一阵，电视剧我都看过两集了，她捧出一只黑陶罐子，酱色的仿佛肉冻一般的东西里凝固着许多丝丝缕缕，像粉丝，又像人的白发。舀一勺在碗里，拿上等的热黄酒化开，她问我要不要尝一尝。为什么不尝？虽然我十八岁，脸上却是发青春痘留下的坑坑洼洼。若有一张光滑平整的脸，我应该会比现在漂亮许多。

开了学，我再回学校，人人都说我变了样。很多女同学问我做了什么，我说也没做什么，就是找了个老中医开了点药，调了调内分泌。这张脸日日夜夜地变得更光滑、更精致，让人既惊喜又恐惧。好底子之上，五官也变得明朗起来，饭馆里的客人也说："我们秀秀在女大十八变呢。"

可惜燕娘分给我的小小一碗燕窝膏，很快就被我吃得见了底。就像月光渐渐躲到了云后，我看着自己的脸在每天早晨照镜子的那一刻分明暗淡下去一截。我拼命往脸上敷面膜、涂粉底，不过是弄出一张白花花的脸，摸上去，已经能感觉有什么又在凸起，脸颊上的小坑，用再多的毛孔隐形霜也填不平。

我去找燕娘，燕娘说："秀秀，我这燕窝比黄金还贵，你是吃不起的呀。"

我说："我可以卖血给你。"

"十八岁姑娘的血，其实也不是什么稀罕东西，只是上回要得太急，才会求你。"

这婆娘，还真是过河拆桥，翻脸就不认人了。

"不过，秀秀，还有一个法子，不知道你愿不愿意。"

"你说。"

她垂下眼皮，轻吹着一杯茉莉香片："我其实已时日无多，一直想找个传人，你若做我徒弟，我就把这门本事传给你，你不就有吃不尽的燕窝膏了？再美再有钱的人，都恨不得跪下来求你，叫你一声姑奶奶。"

"这种好事会降临到我头上？刚才我可是拿血换燕窝膏你都不肯的。"我冷笑。

"自然是有代价、有牺牲，不是人人肯做的。"

"你说。"

"人要未老先衰数十岁，再通过服一服秘方慢慢养回来，虽然面容能恢复原来的年纪，身体内部却已经老去了。这燕窝膏里真正厉害的东西，就是这预先提炼出来的自己的精气神，所以大限也会提前。不过，若一辈子丑陋、贫穷，活着又有什么意思呢？"

我腿一软，转身往门口跑，差点一头撞进那照壁上的怪兽嘴里。回到家，把冷水泼在脸上，看着镜子中那张平凡无奇的脸，觉得普通生活、自然老去才是一件莫大的幸事。我只是蹄髈面店老板的女儿，也许只适合坐在油腻的桌子边，嗑一捧五香味的瓜子，看那些不敢老去的女人在荧屏上风华绝代，表演离合悲欢，获得无尽的金钱和掌声，但背后的代价不是人人都付得起的。

四合院很久没再叫过我家的面。

再过了段日子，那里已画上了大大的"拆"字，听说有开发商买了那片地，要建一个大商场，也许连我们这一片都会跟着拆迁。工地上竖起了巨大的围板，上面挂着广告蓝图，年轻美丽的女人拎着购物袋信步走在巨大的喷水池旁，似乎女人只有活成这样才叫成功，生活才算有希望。

而我还是上我的学，偶尔帮家里送餐。身边有越来越多的普通女孩敢在自己脸上和身上动刀，或许能当上明星依然不算容易，更多人的理想都变成了做一个美妆博主或者网络红人，一生所求和所营，不过是一副美丽的皮囊。

但我还是只想做一个小护士，在病房里，美丽会是最次要的事。在偶尔打开电视机，看见几个依然没有老去的女明星的时候，我知道，燕娘应该还活着，或者已经有了她的传人。她们不愁找不到买家，如今，已经是为了美不惜一切代价的时代。

"以后行走世间的，都是妖孽。"这是当年我撞进怪兽嘴里的时候，燕娘在我背后说的，"秀秀，你可别后悔。"

与大明星谈场没结果的恋爱指南

　　你不是留学党或者移民人士的话，能谈这场恋爱的概率基本就下降了九成。为什么？还不是因为穷？！穷，基本上就没有了接触到大明星的可能，搞不好你连他的各种周边都买不起，还想搞真人？笑话，当粉丝，"粉头"估计都看不起你。君不见某 L 姓明星的粉丝还要买包贿赂他的经纪人，才换得一个近身见面以及合影的机会。

　　当然，你最好是有一个经商成功，能把你安置在海外的亲爹。如果没有，就起码要有给你买得起 Hermes Lindy 的"糖爹"。要不然你怎么混得进纸醉金迷、镜花水月的那个阶层？现在略有钱与势的，其二代还有多少留在国内？那些见惯了好东西的富贵闲人，一眼就看得出来你是不是在硬撑。有了钱，不管是爹给的还是"糖爹"给的，你才能不坐经济舱，背真的爱马仕，去家好点的医院整容（当然你本身底子不会太差），你才可能有个把接触到大明星的朋友，不管他跟你睡了没有。总之，你迎来了大明星休假回来，可能要呼朋引伴打篮球的机会，于是你亲眼看见了他。

因为暂不工作，彻底放松，大明星基本每夜都要搞"轰趴"，鱼贯而入他酒店房间的女孩子简直不要太多。现在只要有钱，没有哪个女孩是丑的。五官不够立体标致，各种手术伺候着；胖了就健身、喝果汁、练瑜伽减肥，就算你没那个毅力减下来，去医院抽脂不就行了？总之，既漂亮又有钱而且念的学校还不错的女孩子，在海外一抓一大把。你身在其中，可能会觉得有点失落。

不过，没关系，你要记住，你是来恋爱大明星的，不是来"钓金龟婿"嫁入豪门的，你们之间可以有性，可以有爱，但独独是不掺杂任何物质的，甚至未来他为你订机票，都要在经济舱和商务舱之间考虑再三，这难道还不是真爱？既然是真爱，就该把一部分权力交还给老天，听他冥冥之中的一点安排，你只需要表现你的美、你的乖，让他能看在眼里，就够了。

终于，在喝下一小杯洋酒后，他又醉了。他指着你，叫你坐到他身边。你看着那张出入于各种节目、各种红毯的价值不菲的脸，觉得这一切都像场午夜的幻觉。他问你叫什么名字、哪个星座、酒量如何，夸你漂亮可爱，其话术也不过如任何一个 KTV 包厢里酒过三巡的普通男人。但你无故就觉得他特别单纯、特别可爱，身为大明星，竟让你觉得如此熟悉而亲切。

在你说你要走了的那一刻，他要了你的微信号，说他对你有感觉。有一个瞬间，你被突然涌上来的热血差点冲昏头脑，但最后一丝理智在警告你，大明星可以加，但不能用大号加。你的经济命脉掌握在那个大号手中，朋友圈相册里有你跟那个男人的各种合照还有蜜语甜言，绝对不能让大明星看见那些！因为你知道，要是突然没了那个男人、没了钱，哪里还有和大明星谈恋爱的机会？

然后你就要和他睡。

你问他是什么尺寸？和大明星谈恋爱，还在意什么尺寸？基辛格早说过了，权力是最好的春药。在这个娱乐的世界，大明星就是跨越了国界的年轻人的王，你跟王谈尺寸？别逗了。君不见爱德华八世为辛普森夫人抛弃王位，一生矢志不渝，英国贵族圈里可始终都有爱德华八世实际不举的传闻。何况女人要获得性高潮，可不只有阴道，如果这你都不懂，还想搞大明星，还想"钓金龟婿"，还想找"糖爹"？建议你找个性学专家或者专业书学习一下。

但是他走了。北美之行只是短暂的假期，他如日中天的事业和万千粉丝都在中国等着他。你坐在酒店的飘窗上，依然不停地回想他在床上对你说过的那些腻腻的小情话，还有他嘴唇微张，对你极富安全感的睡颜，你知道他不会再找你了。假期的一场短暂关系，也许美好就美好在它的适可而止。

你劝自己，春梦就做到此为止。这就像每个夏季在富人云集的度假地都会发生的寻常事，甚至都谈不上是故事。你以后就算脸垮了，只能嫁糟老头子，为了钱而被人踩在泥里，不配再得到任何人的爱，只要你想起在人生最好的时候与他有过几天堪比电影剧情的爱情戏，哪怕是情欲戏，也就够了，就够老了躺在摇椅上回忆了。那些缠绵画面、那些聊天记录，你永远铭记，永远不删除。以后即使出到 iPhone 60 了，你也会永远珍藏现在手头的这个 iPhone 6。

但他竟不是拍拍屁股就走了的那种人。他继续在他的小号上叫你

"宝""小宝""小可爱""小乖乖"，起床联络你，入睡说晚安，到哪儿都汇报行程，坐个高铁都给你发张照片。不准你出去跟别人玩，动不动就说"你是不是要抛弃我了？"，可他明明才是最有权力抛弃你的那一个啊。你觉得，或许不只是短暂的几夜情那么简单，或许他真的喜欢上你了，而不仅仅是喜欢"上"。

到此，你恐怕已经失掉了这一切开始时的初心。"不忘初心，方得始终。"你忘记初心了，你想要谈有始有终的恋爱了。因为他似乎给了你这样的一种前景。你突然莫名自信，他冥冥之中在一屋子女孩中独独选择你，你可能就真的与众不同。

在心中，你对自己说，你要为爱勇敢一次。但这时另一个手机上的微信大号涌进了好几条新语音。那个男人问你，在多伦多待了好几天，什么时候回温哥华。他要你赶紧回去陪他。

于是你的身体回了温哥华，心却拿上护照先去中国了。你想起你看过的《茶花女》以及一切中外名著里心有所属的那些名妓，自比名妓不是要轻贱自己，而是突然感到自己的爱情在物质面前竟显得千金不换。女人的心一次只装得下一个男人，你本以为自己早就阅人无数了，今天却像头一回认识自己似的。这时你妈突然打电话来说她身体有恙，你立刻有了最正当的理由，你要回中国一趟，他自然不能拦你。

但你的行程始终跟不上他的行程，永远要试图配合他的变化，这是你和大明星谈恋爱必须忍耐的地方。不要抱怨，那些比你见过更多的世面和场面的女明星也得忍，也不一定忍得了。

你常常要半夜半夜地不能入睡，以防错过他任何一条突如其来的微信，因为他有可能突然就到了你刚刚落脚的城市，告诉你他的酒店名字还有房间号码。虽然他说过最喜欢你素颜的样子，但男人的这种话通常不能当真。有几个晚上，你甚至不敢卸妆，因为他说他可能会来找你，你怕他突然按响门铃，你都没有时间捯饬自己。你不想在他面前露出任何一点不美来。

只是整整大半个中国的追逐，你的行程始终无法和他的匹配，在你精疲力竭想劝自己认清现实的时候，他说他又要回去了。他要你也回加拿大，去多伦多找他。

当然，不止一次地，你怀疑，他虽然没把你当作用过即弃的卫生纸，但同时应该有好多女孩子。其实你不怕他告诉你这些，你多少也算是见过世面的人，还怕会被公子哥儿这样的风流所伤吗？但他偏偏从不承认，最坏的事发生了：你的幻觉在放大。你觉得，他只是太忙，顾忌粉丝还有无处不在的镜头，才不能时时照顾到你的辛苦、你的情绪、你的难处。

但那个男人也要你陪，你只能先回温哥华，再去多伦多。其实那个男人对你还不错，时间与金钱，之于你都相当慷慨。你有点责备自己的不知足，或许你为爱已经走上钢索，掉下来搞不好要粉身碎骨。他已经注意到你的小号手机在不停地响，而大明星也问过你许多次什么时候用大号把他加上。你是有秘密的人，只适合谈没结果的恋爱，但是你被天上掉下的幸福砸晕了脑袋，因为大明星对你说，他真的会有很多很多时间陪你，你们晚上低调开车出去，要像一对普通情侣那般约会。

原来平凡就是最大的不凡。

你对那个男人不告而别，狠心飞去了多伦多。大明星为你订了机票，还贴心叮嘱你，是早晨的飞机，可不要迟到。你怎么可能迟到？你整晚都睡不着。你享受的是如假包换的女友待遇，你们在酒店缠绵，白天叫客房服务，不出门，在夜幕降下后再偷偷出去坑。他总说："你看你老公舞跳得多好，你看你老公肌肉多厉害。"你真想打开窗户告诉整个多伦多，大明星他是你的了！

　　而幸福总是短暂的。不在加拿大时，你很难追上他。他会突然玩消失，微信上头没回音，但他是大明星，有一万个理由解释他突然的冷淡、突然的告辞、突然的默不作声。你账户上余额已不多，你还是坐头等舱订五星级酒店回国找了他一番，哪怕订在了他下榻的酒店，你等来的只是他说不舒服或者"现在来不合适"。你也是身经百战的人了，浑身一亿个细胞都在告诉你，你不在他身边的那些时间，他的身边一定围满了别人，但你就是不想去相信。这一次你选择不听他的话，不请自来，按响门铃，让他有些生气，但你释然了，因为你终于看见了他房间里其他女人留下的痕迹，就像听见楼上的第二只靴子终于落了地。

　　你觉得，挽救温哥华那头应该来得及。识时务者为俊杰，真情有时候往往敌不过虚情假意。你为了一个所谓的结果，差点把这小半生所营给毁了。美好的确是应该戛然而止的，不管他是不是凡人，至少你是。你突然原谅了他，或许叫看破了他。他哄你，也不过是一般男人的那几招，他似乎也没读过几天书，和他在一起，其实什么都没得聊。你一直都觉得他写的歌还蛮俗气。路到尽头，人就自然放下了。

后来他还会回头找你，特别是当他回到加拿大时。他会告诉你，你成功地让他难过了、让他想你了、让他放不下你了，甚至爱的就是你了。但你要听我说，他说的话不一定都是假话，但已经不再值得你冒险了。你告诉自己，你可不是那种没混过欢场、没见过世面和险恶江湖的女孩子。于是你把那个和他聊过天的手机扔进了海里。

你要继续过没有梦的生活了。

后来听说，有别的女孩子曝出他"约炮""骗炮"甚至欺骗感情的事，在网上闹得沸沸扬扬，动静堪比当年香港的艳照门。你只好替他惋惜，他遇见的女孩子，可不是个个都如你这般有节有礼。

他完了，可你的回忆还是美好的回忆，只是没了证据。

雅鲁藏布大峡谷里的钻戒

1

五年前，在拉格的棚屋里他犯了牙疼。那里是地球上最深的峡谷，有瀑布、草泽、大紫胸鹦鹉、白唇鹿，但是没有布洛芬。当时，刘芳豫去旅馆厨房——这几片棚屋就是旅馆，要了一捧干花椒，放进一只干净的不锈钢杯，加了点水，煨在柴火旁咕嘟咕嘟地煮。水开后又煮了三五分钟，倒进二两白酒，待凉后把花椒滤去，液体存进一只随身携带的小玻璃瓶内。她把这一小瓶花椒酒递过去："疼了就含一小口在嘴里，要忍住，不能吐也不要咽。"

但后来谁也没能走得更远。前面的路塌方了，大雨连续两天下个不停。所有人都按原路翻过多雄拉山口回到派镇，刘芳豫便消失了。这支徒步队伍里的人彼此认识，配有资深向导，而她只是一个峡谷里的陌生人，一路默默跟着他们，算是蹭了个向导。在雅鲁藏布大峡谷，缺乏向导是不可能活着走出去的。

两个月后的一天下午，护士把他引进一间诊室，说："这是我们的刘医生。"刘芳豫扯下她的口罩，他点了点头："刘医生，我是纪啸南，我来找你看牙了。"

她修复了他一颗严重的龋齿。在前台签完账单后，他把那只空瓶还给了她。刘芳豫一直对他保持着一个牙科医生的微笑，他只好说："我另外的几颗坏牙，以后再慢慢找你补。"前台的两个小护士脸上是私人性质的笑，他出门后，她们就争相拉着刘医生的手肘。

这家私人诊所里的人都知道刘芳豫医生的情史。她被上一个男人一直耽误到了三十八岁。那个男人是她的高中同学，在国外念了大学回来也没有什么作为，就是家庭背景颇有些雄厚，父母一直不愿意接受他这个出身平平的女友。她无所求地跟他在一起，一直到令一个女人痛心疾首的年纪，到最后他却又另结了新欢。这些年，当然也分分合合过许多回，彼此到最后其实已经疲惫。最后的稻草压下来，她便把他从楼梯上狠狠推了下去，他摔断了一条胳膊，两个人就散了。

在峡谷里的那个火堆边，她向那个牙疼的陌生男人解释自己为什么要孤身来这么危险的地方徒步，甚至补充了一些别人都不知道的细节。"他害怕我不同意分手，已经悄悄和那个女人领了结婚证，他还把结婚证拿给我看，说：'你看我都结婚了，我们真的得分了。'我啊，我简直什么都没有了，包括尊严。我真恨不得他从楼梯上滚下去摔死了。"纪啸南含着一口花椒酒，什么话也不能说，却有点想笑，觉得这个三十八岁的女人还像个小孩。

刘芳豫是被命运匆忙带到这个年龄的，她不知道到底应该怎样做一个三十八岁的独身女人。她现在觉得一个人的生活根本没什么不好，婚姻则令人作呕。至于男人及他们的谎言，简直像嗡嗡作响的蚊子，你把它们拍死在了白墙上，流出来的也都是女人的血。

纪啸南在城市里也穿着毫无审美趣味的冲锋衣，其貌不扬，面相却很敦厚。他们终于坐进了一家咖啡室，却颇像一对人到中年才出来怄怄偷情的男女。

"之前总是得到你的帮助，希望你以后有任何事需要我，都能告诉我。"他说。

"不熟也是一种很好的关系，我现在对一切的亲密都很怀疑。"她说。

"我当然可以听从你的意思，我一个月会在这里停留一个礼拜左右的时间，其余时间都主要来往于上海和大阪，我们不会是那种常常见面的朋友。但你有任何需要我的地方，都可以告诉我。"

后来纪啸南有事先走了，她一直坐在自己的位置喝茶，喝到了快日落。纪啸南非常诚实，走之前还告诉她，他没有结过婚，以后也不打算结。她一直面对着那个空荡下来的座位，想了很多漫无边际的问题。侍者走过来问她需不需要点晚餐，她摇了摇头，拿上风衣和皮包走了。说到底她还是有没放下的妄想，这跟他没什么关系，是她在那面空墙上看见了自己真实的影子。

　　2

　　在给一个年轻人补完牙后，她耐心教她怎么使用牙线——那种微蜡的牙线，一次截取手臂那么长，又如何缠套在中指上。纪啸南坐在外面等她，她终于换了便服出来，他收起报纸，说："走，我们去吃饭吧。"这是一个月后第二次见面，他照旧衣着平平，她也不刻意打扮，两人走去附近一家知名酒店吃日本菜。"因为晚上我得在这里跟人开会，在这里吃就可以和你多待一会儿。"

　　鱼生都非常新鲜，但怎么吃，胃也不会感到温暖。纪啸南显得比刘芳豫愉快，他为她斟茶、递热毛巾，问她最近工作是否顺利、身体是否还好。他是比她大，但她也不小了，得到的却是一种少女时才享受过的照看。

　　"你看得见我脸上的皱纹吗，我的脸今天有些过敏，没有擦粉底。"

　　而他并不需要仔细端详她："你很年轻，是你自己不明白。"

　　这顿饭她吃得很矛盾。到了这个年纪，他们应该可以被允许做很多事，尤其是那些发生在家常之外的事，而他们在灯火辉煌的地方说着家常，他们明明是不要家的人。

　　吃完饭，他托司机送她回去。城市在窗外逐渐显得陌生、安静，车内皮革散发出殷实的香气，而女人天生就被那些质量上乘、价格昂贵的东西吸引。她不知道自己以后应不应该或者要不要再找个人结婚，所有人都在前往目的地不明的方向。玻璃窗上浮现出她的脸还有她的恐惧，原来自己也渴望有个富裕的男人能供给生活所需，保证红尘如何颠倒都能生活无虞。

渐渐地，刘芳豫没有再回应纪啸南的约会。

而他也不是那种不知趣的人。但他的临时牙冠掉了，所以约了一次急诊。从治疗机上缓缓坐起来后，他没有多说什么，只说了一声"谢谢"。明明是两不相欠的陌生人，她何时就有了故意的后退以及亏欠感？婚姻从来就不是唯一的选择，这个道理她早就明白，后来却被它如此伤害。所以，究竟是因为自己不够独立坚强，还是女人永远都会被男人的不忠所伤？

在大峡谷里，她不知道为什么要去关心那个牙疼的男人。但在弥漫着原始气息的柴火堆边，她不自觉地走向他，从一开始他们就和疼痛、心事还有淡淡的麻痹在一起。之后城市中的寥寥几面，竟然也产生出了某种世俗情感的依赖。这可能是某种温血性质的爱情，与金钱、婚姻没有干系，纯粹，又叫人失望。

"以前的同学给我介绍了一个人：大学老师，离过一次婚，我们见了几面。"她让护士先出去，把诊室门关上，然后对他说。

"你想结婚了？"他问。

"我不知道，但我不想老了还得辛苦为生计奔忙，我们这一行，不过是手艺人，做多少才能吃多少。我现在年纪大了，变得功利、现实。"

"我不知道这究竟是不是你的真心话，但我想告诉你，如果只是为了这样的便利，我也可以提供给你。以我的经济能力，完全可以保证你余生丰足。不过，无论如何，我支持你做任何事。我年纪也大了，对一个人好，就是一种表达了。"

但后来她还是去见了那个大学老师，觉得自己可以很麻木地生活下去。

他叫辜茂青，和她同龄，没有孩子。辜茂青能言善辩，衣着体面，是一个依然抢手的适婚对象。难得的是他还非常幽默，每一个笑话，都能让刘芳豫发自内心地笑出声来。吃饭过半，他问她："今天是被病人耽误了吗？来得这么晚。"

"算是吧。"她只好答。

"嗯？看来不只是病人吧，跟我你什么都可以说，如果我们算不上什么，至少算是朋友。"他吃着盘子里的牛排，眼睛依然望着她。

"一个患者而已。我们这一行很累，但生活很单纯，没有多少交际。"她喝了一口水，不再说了，只听他说。

吃完饭，两人去看电影，在黑暗里他默默牵了一会儿她的手，她没有拒绝，也没有任何心动的感觉。坐在无数沉默的男女中间，进入和自己的生活没有任何关联的悲欢离合，她想，她是被什么引诱到这里的？不过是身边这个人相貌堂堂，有生活情调，还给出了进入"正常"女人生活的希望。

每个人都告诉她，这也许是人生中最后一趟末班车了，还是意外加开的豪华厢。

只有他说过："你很年轻，是你自己不明白。"

他还说："无论如何，我支持你做任何事。我年纪也大了，对一个人好，就是一种表达了。"

在黑暗中，刘芳豫突然流泪了。影院里的每个人似乎都在哭，她一点都不特别，但有人或许是真的爱着她，她心里因此感到自己的特别。因上一段感情所产生的自卑和被排斥几乎摧毁了她，而那个在峡谷里认识的男人，像一个雨季的山洞，虽然没能带她走得更远，却让她在这个湿淋淋的世界里恢复了宝贵的干燥和体温。

3

辜茂青仍旧不时约她吃饭、看电影，她也不推辞。不工作的空白时间，有事就是好事。其实绝大部分人的日常生活都刻板而平淡，不论是已婚的人还是未婚的人。她没有一心想嫁给这个男人，只是有约会更容易让一个不再年轻的女人保持振作，至少要化上淡妆、穿皮鞋，不穿无袖衫也要剃干净腋毛，吃完饭补上唇膏。

如果同样只是约会，为什么不跟纪啸南在一起呢？只因为他事先提醒了她，他是不会结婚的人吗？她先给过他一瓶麻药，他后来却给了保证她余生丰足的承诺。在人世间，他们究竟是谁麻醉了谁？

坐在沙发上看报纸等她的人变成了辜茂青，新来的小护士不知道时移世易了，听过半耳朵八卦，就笑眯眯地叫他："纪先生来啦？"

吃晚餐的时候，刘芳豫不得不解释："在你之前，的确有过一个算是交往了几次的对象。"

"见我的同时，应该也见过他吧？"他没有生气的表情，但还在穷追不舍。

"只吃了几次饭，后来就没怎么联络了。"她继续解释，又觉得这很荒诞。

辜茂青或许也意识到了他还不具备这样追根究底的权利，话题转向其他事情，不想再露出任何不快，以免显得他小气。但从他拿起水杯，小腿碰开椅子去洗手间，用手指不停地扶鼻梁上的眼镜，刘芳豫觉得他隐隐有些烦躁。后来他多喝了好几杯酒，刘芳豫就没让他送她回家。他把手臂重重地压在她的肩膀上，醉酒后有点垂头丧气的感觉，他可能还有别的烦恼吧，只是不会跟这个一周见一次面的女人讲。

刘芳豫先把他送进一辆出租车，他趴在窗口，恍恍惚惚地说："对不起，要我先走，那你路上小心一点啊，到家给我发信息。"车开远了，下一辆空出租很快就来了。但后来辜茂青再没有约她，诊所里的护士见到刘芳豫都有点害怕，觉得是她们坏了刘医生的大事。刘芳豫用开玩笑的口气责怪道："你们也把自己想得太重要了。"

窗外灯火明明灭灭。每个成年男人都像一条日夜流淌的河，你根本不知道他们携带了多少过去、暗礁又在哪里。

不知何时算真正开始，然后又轻率地戛然而止。

大多数人后来的感情都变得如此。

末班车幻觉解除，她反而松了一口气。困守一个人，或者被一个人所困守，都让人精疲力竭。和曾经的男友在一起时，他是那个形迹可疑、犹豫不决的人。但他别的不会，就擅长辞令，总可以为他的各种行为找到辩护和捍卫的借口，他甚至让她感到是她反应过敏。现在回想，她有些后悔，后悔自己为什么不做先放手的那个，甚至后悔把他从楼梯上推下去。那个新人条件平平，甚至不如她，但他们真的结婚了，他的家庭也接受了。想必是她一直有自己都没看见的失败之处，却一度志得意满。

在家呆呆地坐了一天，又浪费了一个宝贵的休息日，刘芳豫终于决定给纪啸南打一个电话。

他说："芳豫，我们好久没见了。"她便忍不住开始哭，话也说不出来，他又安慰她："别为了小事而伤心。"

"我不是为什么事而哭，我是为我自己，觉得自己从来什么都做不好。"这样稚气的话她也能说出来，说完立刻就觉得羞愧。

"你补牙补得很好，"他在电话那头笑，"还有，你胆子大啊，容易信任他人，也很独立。而且你根本就不需要这样的肯定。你别具一格，但不是所有人都这么认为。不过，有人这么认为就可以了。出去多走动，多认识不一样的人，有些别的类型的烦恼，你就不会再哭诉这些了。"

他在日本，要两星期后才能回国。刘芳豫熄掉床头灯，黑暗中抹掉脸上羞耻的泪痕，觉得这很像一场做作的表演。我们的确做出了一些事，但什么意义都没有。孤独地躺在天花板下面，时间平等地碾过我们所有人，什么都没有得到，但每天都在渐渐失去。

4

再见到他，他好像瘦了，两鬓没染，还是那些白发，也依然健朗。从大峡谷离开，已经半年过去了。他从一把楠木椅子上站起来向她走来，笑着说："你终于到了。"他握住她的手腕，说："你最近好吗？快坐下，让我好好看一下有没有新皱纹长出来。"

在不见她的那些日子，他的情绪还有生活应该没有丝毫损伤。这似乎就是男人天然的优势，天下到处都是准备给他们的乐子。"我把今天下午的时间都空了出来，你想做什么我都陪你。"

"那我们就到床上去躺一躺。"她说。

他们并排躺在松软的酒店大床上，手握在一起。他突然有些不好意思："我可不可以打开电视看一眼财经新闻？"

在恒生指数轻微的涨幅里，他们有了第一次的肉体欢愉。一个男人和一个女人，最好或者最坏也就是这样而已。如果失去了现实报偿，值不值得就完全取决于你单纯的感受。快乐还是痛苦，身体都如实地传递给自以为是的心。

后来他们依旧那样躺着，他喃喃地问："你和那个大学老师后来怎么样了？"

"我们后来就没有后来了。"她说，胸腔缓缓地上下起伏。

他没有再说话。她突然问他："你呢？你的生活里还有些怎样的别人？"

"跟你在一起的时候，我不会想到别人。当然，如果有一天你同我分手了，我会跟另外的人在一起。"

她坐起来，半裸地看着他。这个男人向她隐瞒了他生命中的许多部分，而她也不肯定自己是否真的想知道它们。而这就是她的生活，她已不再希求完全地得到。让每一个当下都是自己的，心悦诚服地成为一个失败者，也有她该有的快乐。

后来他们整理好衣服，回到会客厅忙一些琐事。服务生送进来食物，他说："我刚刚点的，看有没有你喜欢吃的。"过一阵，又有几个他的客人进来拜访。大家礼貌而简短地介绍问候过，便谈起了一些生意上的事。他们在视她存在后便视她为不存在，只说些该说的话。粉色的冰激凌球在盘中逐渐融化，她起身走到窗边，掀起窗帘看了看外面的天色。

客人渐渐走后，纪啸南双手支在膝盖上缓缓站起来，走到她旁边，和她一起从高空看外面的夜色。他说："我不在的时候，你要专注自己的生活，不然这里面会有很多等待。我跟你在一起，是希望你能更快乐，如果适得其反，我会埋怨我自己。"

"如果我继续找一个可以天天陪伴我的人，你会怎么办？"

"我怎么也不办，"他笑了一下，"你怎么做都好。如果有人爱你更多，我也为你高兴。我说过了，别为了小事伤心。"

但每次分别都不容易，要一次次放下，一次次说再见，等他再回来。这些对一个女人来说都不算小事。如果不专注于自己的生活，不使自己忙碌，等待的确会把一个女人变得神经兮兮。她想到了那些富商的外室，她有一个患者就是那样的姑娘，每月接受一笔不菲的零花，时间却无处打发。报英语班、日语班、茶道班，修指甲，给牙齿做烤瓷，去美容医院去黑头、除毛，却永远握着一只手机在失落地等待。等待是随时随地的，无论你在做什么，它都不可能停止。她没有得到过任何金援，是否就比那个姑娘优越呢？如果夹带了物质，就不算爱情了吗？

刘芳豫把探针刺向一个很深的龋洞，病人忍耐地哼了一声。这个龋洞已经非常接近牙髓，再深那么一点点，就不能通过单纯的去腐填充完成修复。"待会儿会有一点酸痛，你忍耐一下，忍不了就要举手，头不能乱动。"但平躺的男人一次也没举手，估计他觉得举手这件事有些尿。最后，那个深龋洞修复得很成功，男人坐起来后，欣慰地对她絮叨了许久，说着感谢的话。她有些不好意思，因为整个过程中她的脑子里都在想别的事。

而那个晚上，她梦见自己嘴里长满了蛀牙，却无人治疗她。她自己拿工具对准那些龋洞，牙齿都接连掉了。醒来后，她跑进卫生间打开灯，镜子里牙都还在，于是她不禁坐在马桶上痛哭。因为电子时钟刚才轻快地跳了一页，今天是她的生日，她又老了一岁。

5

超声刀的探头每秒发出震动高达 600 万次的矩阵分子能量波，强烈撞击真皮组织，皮下温度上升到 60 到 75 摄氏度，热量会在真皮纤维层产生有效热损伤，引发肌体启动修复再生细胞的功能。而刘芳豫觉得一个字，就是疼。她不想做了，真的想让超声刀医生赶紧住手。但她同样觉得自己没法儿尿，医生是特意托了朋友才约到的，用的也是标准的美版机器。一句话，她决定除皱。作为医生，她认为护肤的终极就是医美，她说做就去做了。

一个月后纪啸南见到她，她故意把脸凑得很近，他摸一摸她的脸颊，说："好看。"

"哪里好看了？"她问。

"哪里都是好看的。"他说。

她对这个答案有些灰心丧气，三万块以及剧痛在脸上的回报原来并不明显。他只是随口一夸，没有真正发现她想要的那种变化。

但他说："我觉得自己最近好像老了很多。"

"怎么了？"她坐到他的身边。

"累，要为很多人和很多事操心负责，但终归还是对自己的失望。"

他真诚地看着她，但根本没有期待她可以理解他。他们从来就是截然不同的两种人生，也没有人为这样的一段关系定性。

他揽过来她的胳膊，让她在他的肩膀上靠了一会儿。下午的阳光从酒店落地窗照进来，无遮无拦，生如逆旅。

"对了，我有礼物给你——迟到的生日礼物。"他从上衣口袋里掏出两只一大一小的丝绒盒子，"只为哄你开心而已，所以别拒绝我，你可以挑一个。"

一只是戒盒，一只打开是一对耳钉，方钻均是同等大小，价值不菲，意义却无从揣测。然而戒指可以有的意义太多，就算要了，又该戴在哪根指头上呢？

她拿了耳钉："我贪多，两个总比一个好。"

他竟然有些眼湿，微微颤抖着手指拿过盒子："那我现在就给你戴上。"

她的脸静静地发着光，不知是因为钻石的折射，还是那超声刀的作用细看就有了端倪。有时候，礼物就是因为昂贵才显出它的独特。尤其对于缺少寻常快乐的女人来说，那些夸张的、稀罕的东西，就像玻尿酸一样，能迅速而立竿见影地充盈在塌陷的面孔下面。这是只有女人才能明白的一种快乐。

"本来不敢随便送你什么俗气的礼物，但就是想送，没有办法，男人总归就只有这两种手段：时间，还有钱。幸好我现在这两样都还有一些。"他触摸她的发丝，像不敢确定这个女人是真实存在的。

"我们好像认识也有一年了，我的大部分朋友应该都没有见过你，他们有的会开玩笑说，你只是我幻想出来的而已。"

"下次你可以带我去见你的朋友们。"

"我不想勉强你做任何事。"

"芳豫，我一直都会尽我所能地关心你，让你过得开心。我们这样的关系不好维持，世间少有不想结婚的女人，更没有人不想得到安定。我不是那种会有很多时间待在一个人身边或者家里的男人，但遇到一个真正喜欢的人对我来说也是不容易的。而我多少还是了解女人的，当机会出现，一个女人必定会放下她的单身生活，我只希望你在我身边停留的时候尽量感觉到亲密和安全。"

她颤抖着声音，良久，才说下去："我今天其实是来告别的。感情上不势均力敌的两个人，一个会疲惫，一个又显得无辜。我何尝不羡慕你的洒脱，但我成不了那样的人。我纠结于自己在别人眼中的形象，害怕又一次多年的付出一朝成空，我怕老、怕没钱、怕没有人要，也羡慕那些平常女人在这个年纪该有的一切——婚姻，作为妻子的社会地位，家庭，孩子，甚至是婆媳矛盾。我只是不去表现，曾假装可以很淡然，只有我自己知道我其实是想要而不得。而曾经那么多年我所抗拒的，或许就是我暗地里一直渴望拥有的，我到了今天才明白。"

"我明白，我都明白。"他拍了拍她的手背，"对不起，那些我没能给你的。"

那是他们在一起的最后一个晚上。

依旧下楼到餐厅吃了饭，喝了一瓶上好的酒，谈了一些生活中的琐事。比如她怎么想从超声刀下逃跑，又比如他有一天发现自己穿的鞋不是一双，身边竟然没人告诉他。而剩下的时间，几乎都是在无声中送走的。跟他在一起的这一年，她仿佛只是临时变成了另外一个人。从第二天开始，她就得再返回篝火旁的那个自己。峡谷深邃，终会有到头的一日。觥筹交错，还是得起身告辞。

而她以后要强打精神做一个世俗的人，尽量显得年轻，尽量显得活跃，尽量出去多见见人。也许他说得对，她还年轻，只是她不明白，快四十岁的女人也有她不一样的韵味。走在烛光昏暗的地方，或许会有那么几个男人回头看她一眼。

第二天早晨，他要乘飞机去大阪。于是他们早早起来，趁天色朦胧时逛了几条还没营业的小街小巷。过去他们没有一起牵手出去逛过哪里，以为以后的日子还长。胡同里飘着晨雾，寂静阴冷。他们手牵手，看着那些橱窗里的皮箱和衣物，至少那一刻是无忧无虑的，就像两个已经死去的人。

6

刘芳豫做了牙科诊所的合伙人。三年前的那些小护士基本都没有还在这里了，诊所里的都是新人。她还是单身，偶尔会想起纪啸南，但是没有再见过他。她想要的那些依然没有得到，超声刀的效果只能维持三到五年，但她已不想再去做了。

一个平常的晚上，她回到家，打开窗户通风。暮春那种温热的晚风吹进来，家里百合的香味辗转得每个房间都是。她床头的电话响了，没想到是纪啸南打来的。

他说，前阵子，他突发了急性脑梗，以后不知道会不会有一天就不告而别。

"如果我之后很久很久都没联系你，你记得打这个电话过来问问，但那时候我不一定还在，不过会有人替我接听。"

刘芳豫握住电话，很久都无法说话。

"我们不再见，是我尊重你的决定，不代表我愿意。因为只要你愿意，我永远都等着再回到你身边去，除非有一天我不能。给你打这个电话，只是想说明一下我始终的心意。"

她记下了那个电话号码，之后心乱如麻。她上网搜索了一下财经新闻，果然找到了他的名字。没有他脑梗的新闻，但是他带的几家公司要么已销声匿迹，要么在闪电式裁员。

纪啸南就在离她家不远的一家医院。他没有在别的城市的医院，却在这里，不知是跟她有关系，还是跟生意有关系。刘芳豫犹豫了很久，不知道应不应该去看他。

而他是真的老了。虽然已无性命之忧，但是性格变化了许多，不过依然没改变他的许多生活习惯，尽管脑梗差点要了他的命。他还是不时要看一下股市，吃一切他爱吃的，随时为工作忙碌操心。刘芳豫把一束百合插在他房间的花瓶中，他坐在轮椅上说："你来啦，坐，最近好吗？"

他又问她是否找到了理想中人，她笑着答："工作更忙了，对于能遇上两情相悦又值得托付的男人，已不抱多大指望。"

纪啸南哈哈笑了几声，他是满足的，是真正的愉快。他眉飞色舞，说他的事业一定会再起来的，他是历经沙场的人了，早就堪破热了就要冷的市场规律，不过是这次热门风投潮落，跟实体经济困难叠到了一起。而她突然想起四年前他的那句口头承诺："这世上，从没有一个人会像你这样，令我想去确保她余生的丰足。"他还记得吗？或许忘了，又或许是再没有能力兑现。

刘芳豫坐了半日，终于起身告辞。他有些失落，还是勉强朝她摆了摆手。

后来她又去看了他几次，他渐渐表现出了依赖，每当她要走时，他就总有些不大情愿，背过身去，语气酸冷："还有男友去见？"

刘芳豫看着他的背影一笑，原来他也不过是个普通人。

而一个人总是在他生病的时候不惮露出他的虚弱。或许他一直都有占有欲和妒忌心，只是没让她看见。

翌年6月，趁工作安排得轻省了一些，她决定再次到雅鲁藏布大峡谷徒步。

　　她约好了同伴，有一个已经走过两次的人当领队，还请了一位资深的藏族向导。从拉萨出发，过米拉山口，沿着尼洋河谷从海拔5000多米的地方下到3000多米的林芝八一镇，接着又坐车沿雅江河谷到达派镇。休息一晚，第二天开始正式的徒步，她走上了五年前曾走过的那一段路。

　　过了拉格，很多路都在溪水中前行，多雄拉河谷从海拔3100多米下降到海拔800米，沿途是密不透风的雨林。路过塌方区时，她亲眼看见河对岸一声巨响，半边山坡都塌了下去。许多人都曾在路上不知所终，而她必须继续往前走，这是她自己选择的冒险，只是心惊胆战中也会蓦然回首，清清楚楚看见她曾经陷入的不是万劫不复的爱情，而是万劫不复的自私。

　　纪啸南是在她出发前一个礼拜去世的，去世前他想把那只四年前的戒指套到她的指头上。戒指悬在第一个指节处，他就走了。今天，她终于走到了他没有抵达的地方，把戒指扔进了身下的多雄拉河。汹涌的河水可能会带着它漂到印度，那将是比此行的目的地还要远的地方。

如何让女人免于心碎

CHAPTER ❹

红丝绒与蟹膏

密封中的少女

密封中的少女

　　白银案破后，我一直等待着相关的采访新闻。《每日人物》后来采访到了疑凶长子。一天晚上，公号又推送过来第一位受害人"小白鞋"亲属的现况。外面一度雷鸣电闪，这是北京入秋后的第一场雷阵雨。

　　我不是写犯罪推理小说的，对疑凶的大脑还有作案细节没有兴趣。不是所有人都渴望剖出深渊的切面，分析其中特别的褶皱与纹理。身处人间者，必有普通生活，我只对豢养出魔鬼的普通生活保持永远的注意。

　　曾经我极想写童年时经历过的那件事，但始终不知该从哪里进去。进去后，不过是十一岁的夏天，蝉虫嘶鸣。我在教师住宅楼里企图与他相遇，但他太高了，低头默默看到了我，就匆匆走了。我与故事始终隔着身后的门，故事就在门里，童年的我和成年后的想象力，依旧对那扇门无能为力。

大雨从窗外飘进来，我想起楼上的门窗还没有关。关好门窗，下楼回到卧室，窗前的木地板上已经积出一大片水渍。合上窗，又继续楼上楼下地找拖布，拖布找到了，却找不到拖把杆。手里漫长又细腻的新闻令我神思恍惚。回到卧室，我把新闻看完了，突然发现拖把杆就静静地立在窗边。

对于在我人生早期错身而过的那件事，我其实具备充足的信源。我父亲当时就身在纪委，母亲则是他的同事，而他的妻子，甚至还是我的一个远方姑姑，我们都姓岑。

但是动笔之前，我没有过问他们任何人。我想让这篇故事只是我一面之词的回忆，更可称之为具备虚构意义的小说。它夹杂在这本书所有虚拟的角色与人物命运之中，不试图去重新揭发或者伤害任何一个人，哪怕以正义之名。

那个蝉鸣的夏天，我和四楼的廖依依只穿着背心和内裤就在单元楼里上上下下地跑，但是绝不能出单元楼门口。我们都发了水痘，不可出去沾地热，更不可碰到有狐臭者。我十一岁，她八岁，但我们觉得只穿条内裤跑来跑去无所谓，也不会有大人责备我们。

根据后来的调查与记录，就在六楼，那名身形高大的男物理老师把他叫上门来说有事要谈的女学生按在床上，她的挣扎和哀求无济于事，裤子和床单上都是血。他也有个女儿的，三岁了，太小，我们都不怎么愿意带着她玩。住他家对门的杨冬儿就拉着她来找我们，说："还是带她一起嘛。"

"芽芽，你快点长大吧，长大就会有很多人愿意跟你玩了，你现在跑得太慢了，还动不动就要哭就要找你妈妈，你说谁要和你玩？"我们说。

她抽一抽鼻子，赶紧抓住杨冬儿，拿眼睛使劲瞪我们，她是杨冬儿的"拖油瓶"。

在同一栋教师住宅楼里，我们每个人都去别人的家里玩，尤其是放假的时候。下午，大人都在卧室里沉沉地午睡，我们可以做任何事，只要不发出响声。芽芽家没有什么好玩的，她妈妈，也就是我的那个远房姑姑，一张扁圆形的脸，高高瘦瘦，戴一对悠悠荡荡的珍珠耳环。她叫我一定要带着芽芽玩，说她很快就会懂事的，叫我们不要嫌弃她。

我敷衍着她，一行人又跑去隔壁杨冬儿的家。杨冬儿的爸妈时常不在家，我们打开煤气灶煮泡面。杨冬儿差不多和依依同岁，但是已经很懂做饭，他把调料包放在碗里，面煮在锅里，这样面也筋道，调料又不会因为锅里放了太多水而过分稀释。他圆圆的脸，五官俊俏，特别像电视剧《红楼梦》里的贾宝玉——迷你版的。不过小孩子没有一个爱看《红楼梦》的，我们只爱看《西游记》《封神榜》还有《新白娘子传奇》，如果大人在午睡，我们就要知趣地把电视调成静音。

天最热的时候，楼里的几个叔叔会带我们去江里游泳。杨冬儿的爸爸会去，我爸爸偶尔也去，虽然他早就不当老师了，但大家还是习惯了叫他岑老师。岑老师最擅蝶泳，一个人自顾自地就游到了江对面。芽芽的爸爸呢？在记忆里的浅水区站了不少年轻健硕的爸爸，他们有的教体育，有的教英语，芽芽的爸爸——我说过是教物理的，我还是找不到他的影子。我只看见了岑怡姑姑，她坐在岸边，给芽芽套上一只小小的黄色泳圈。

那时候，住在我家对门的牛叔叔是中学的副校长，却一门心思想调进政府机关。他老是往我家跑，希望我爸爸能给他捎点最新消息，两家人的大门几乎从来没有关上过。他女儿牛小雅比依依和杨冬儿还要小一岁，但却是个精灵鬼，最常和我厮混在一起的就是她。作为同住二楼的邻居，我们分分合合，分的时候我就上四楼去团结廖依依。但不会过太久，我们又会睡到同一张床上去，今天睡她家的，明天睡我家的。

那一年，一个知名卫生巾品牌来中学搞了一次生理卫生知识活动，给女生们分发下许多礼袋，里头有几片卫生巾，还有青春期生理卫生常识的全彩手册。女老师们也抱回好一堆，连牛叔叔都搬回一箱给他老婆。老师们都把里头的卫生巾取出来，手册就集中成一堆当作废纸卖了。我妈当然也抱回了不少纯卫生巾。但牛小雅家的沙发上竟然还留了几本手册。我拾起来，看见封面上有一只人手，掌心立着一个亭亭的少女，背上还生了一对蝴蝶翅膀。手册第一页："致已是一个少女的你。"

我慌忙把它合上。

我不是少女，我想，我还很矮，也远远没有封面上那个女孩好看，她有翅膀，还有乳房，腿那么细、那么长，像个跳芭蕾舞的。牛小雅要我分配一下和她过家家的角色，牛叔叔却在呵斥她："小雅，我让你下去扔垃圾你又没去？"

再往下，手册里讲月经初潮，讲少女对少男可能会产生的某种好感。牛叔叔在家里进进出出，牛小雅蹲在地上赌气哭，我感到可惜，她还什么也不懂呢。不过看完我就头晕了，这些残酷的事实，我妈为什么要隐瞒我？

月经，每个月都会来的月经，还有最终的义务或者最悲惨的意外——怀孕。一个男人要用他的一个器官入侵女人的身体，这是做爱。我到今天才明白，当一个女人竟然是天生注定的一种不幸，当女人竟然比当男人要额外承担如此多的痛苦！

我没管牛小雅，径直回自己家去了。原来现在已是我人生最后的平等时光了，却没有人警告过我。手册封面上长着蝴蝶翅膀的少女，你的肉身沉重着呢，不一定飞得起来吧。

接下来，我用了许多天来纾解得知自己身体真相的忧郁。我安慰自己，不只是我，牛小雅、廖依依，还有才三岁的胡芽芽，她们都会经历这些的。对了，还有中学里面的那些女生，在女性这个半径内，我们还是平等的。

好在儿童的忧郁期并不会太长。不日，我甚至带领着大家又恢复了过去的优越感。

这座孤单建在半山上的中学里，我们怎么不是所有女孩里最优越的呢？我们是老师的孩子，而且，我们是真真正正的孩子，还没有上中学，还没有早晚自习，还没有来月经，在夏天，甚至依然能穿着背心和内裤在楼里跑来跑去。女中学生们大多都来自农村，这所学校主要的生源就是下面那些没设中学的乡镇上的小学毕业生。他们羞涩、拮据，说话、打扮都有些土气，而且他们绝对没有经常洗澡，一群人跑过去时便汗味袭人。

我们抱着胳膊，站在教师楼前的空地上，觉得中学生都是肮脏的，甚至连男生杨冬儿都这么认为。有一次，在我们刚打完一场乒乓球后，他嗅了嗅我，说我身上有中学生的味道。我扔下拍子，赶紧跑回家脱掉衣服，打开花洒，拼命冲洗着自己的腋下。我深深地感到恐惧，因为再过一年，我也要上初中了。但目前，除了有汗味，我丝毫没有一点将变得亭亭玉立的迹象，我不会站在任何人的手掌心上，背后也不会生出一对蝴蝶翅膀，但是，我一定会来月经，每月都要用上好几包卫生巾，还有可能和男生早恋，甚至有可能怀孕。杨冬儿将不会经历这一切，即使他也会早恋，他的身体也永远完好无损。

后来，我和我的小伙伴们商量，要在我的童年最末尾做些有意义的事，最后竟然决定种地。最近，许多老师不知为何，都在住宅楼前的一大片未开垦的地上种起了某种药材，据说之后会专门有人来收。杨冬儿的爸爸种了，廖依依的爸爸种了，胡芽芽的爸爸也种了，只有我爸爸还有牛小雅的爸爸没有掺和。

住宅楼后面犄角旮旯里还有不少空地，我们决定种花生、向日葵还有茄子。向日葵和茄子苗其实都是我们去山后农民的地里偷回来的。没过太久，花生就结出了幼嫩的果实，虽然还没有完全成熟，但我们还是咬开水水的外壳，把里头粉白色的花生仁抠出来吃掉了。中学生之间一些关于老师的流言，随着花生的成熟传进了我的耳朵，不过跟那些还在萌芽的药材没有关系。杨冬儿和廖依依都在问我敢不敢从种花生的那个高高的台子上跳下来，我说："你们知不知道色狼是什么？"

他们不知道，不过我知道，我需要先一个人冒险进入初中。初中，远不是忍受汗味那么简单的。第二天，住在五楼的雷鹏爸爸在我们的花生地那边捉到了一条大蛇，他活活取出蛇胆，一口吞下去，我们尖叫着跑回了家。上学路上我对杨冬儿说，以后我们再也不上五楼去了。杨冬儿急了："那我怎么办？我和芽芽可都是住在六楼的。"

雷鹏的爸爸身体浮肿了好多天，他是个蛮奇怪的人，很少与其他老师打成一片。他的儿子也很沉默，不常与我们玩在一起。中午吃饭的时候，我很想同爸妈再聊一聊雷鹏爸爸吃蛇胆的事，但我妈说："吃完饭就赶紧去上学吧。"

我转过头，看见我家客厅里立着一个面色惨白的女生，眼睛红红的。

我去自己的房间收拾东西，其实并没有什么需要收拾的。她坐到了我家沙发上，我妈妈为她倒了水。过去听我妈说过，她一个初中同学的女儿现在就在我们这里上学，说不定就是她。我走出卧室的时候，她满脸都是泪水，但是她紧紧闭着嘴。我妈说："快去上学，听见了没？"

之后的日子，牛叔叔又惯常来我家串门，但他不再谈跑调动的事。我从不经意的偷听间知道了一个词，叫"强奸未遂"。其实他们应该陆续谈及了许多个女生。我翻开字典，查到了"未遂"的意思，我希望那个姐姐是"未遂"的，我希望她的不幸具有决定意义的幸运。

至此我了解到，这世上，有远比来月经还要可怕的事，而我爸妈绝不可能令我过早了解。那时，爸爸其实也在秘密地为这件事忙碌奔走，因为学生们的检举信已经寄到了纪委，她们本来早早就寄出去了，却天真稚嫩地写的是"体委收"，体委辗转许久才交给了纪委。

整座中学的气氛开始出现了某种变化，老师们茶余饭后的龙门阵话题只围绕着那件事，后来也不再避讳，直接提到了芽芽爸爸的名字——胡学成。没有人提到他时再叫"胡老师"，都只叫他"胡学成"。

胡学成还如往常一样在楼里进进出出，偶尔人们也会与他打招呼。岑怡姑姑像什么事也没发生过一样，照样与人扎堆儿聊天，我听说，她不相信她丈夫会做那样的事，是学校里有人想"搞"他。

纪委的人很快就开始了公开的调查，这件事已经不再是台面以下。只是，公安自始至终都没有介入过，因为检举他的学生没有选择走司法诉讼。

不过这件事影响不到教师住宅楼里的孩子。在通往两个单元的楼顶，我们带来自己家里的零食、蜡烛还有纱巾，一起唱歌、跳舞，扮演各种角色，模拟成人世界里发生的故事。不远处的教学楼在黑暗里发出一格格莹白的光，学生们都在安静地自习，空气中还隐隐传来教学楼公共厕所的些微臭气。

"要不要去大操场上玩？"杨冬儿问我。

"有些中学生在那里偷偷早恋，你不知道吗？"我靠着护栏，故作老成地说。

杨冬儿装出一副嫌恶的表情，不过他又相当神秘地对我说："牛小雅喜欢杨石头，你知道吗？"

杨石头住在三楼，和牛小雅都上二年级。

"我还见过杨石头亲牛小雅呢，牛小雅都不躲开的。"

杨冬儿知道得还真多。我看着跟在我们后面跑的胡芽芽，觉得他们谁都不会了解我的重重心事，中学里可发生了大事。牛小雅喜欢杨石头算得了什么？

我们很久都没去大操场了，因为那里的男学生和女学生都是三三两两的，其中有一个一女二男的组合，那个女生似乎对我格外有意思。她非常爱凑近我聊天，可是晚自习溜号去逛操场的不可能是好学生，而我却是所有孩子中的学习模范，我每年都考年级第一名，是班里的班长兼学习委员，国旗下讲话的一把好手，必须带领孩子们警惕那些只大我两三岁就不学无术的坏中学生！

不过最近我不这么认为了。

那两个男生也并不是一副追求者的模样，相反，他们三个都忧心忡忡。我跑去大操场，当然已经找不到他们的影子，她一定已经转学了。上次看见她，她穿着一条过于醒目的黄裙子，说她准备转学，还要改一个名字。

她现在叫什么我不会知道了，她之前告诉过我，她叫刘莎莎。

牛叔叔后来提到了"刘莎莎"这个名字，我在卧室里把耳朵贴在墙上听。是在周末的校长办公室，胡学成竟敢把刘莎莎叫进校长办公室，就在那条长长的藤椅上，差点他就得逞了，走廊里突然传来脚步声，刘莎莎跑了。

所以，幸运儿是穿黄裙子的刘莎莎吧？

我瘫在床上，内心沉重得无以复加，而我并没有资格了解更多的细节。学校在假期里开了全体教师大会，公布了胡学成交代的所有"违纪"记录与细节。因为大人们都要开会，双职工的孩子就没人管了，大家尖叫着在教学楼里打闹乱窜，我几次路过会议室门口，都被某个叔叔或者阿姨挥手叫去别的地方玩。只听说，学校里最凶悍的政教处姚主任都在边听报告边掉泪。

最后胡学成被开除了公职，检举他的受害人多达数十名。也许其中有人早就毕业，离开了认识她的所有人，不希望再有人提起她的姓名。这或许就是大家联名检举他却不告他的原因。"就是不希望以后的妹妹们再有人受害了。"听爸爸说，这是检举他的学生的原话。

不过转眼又一届中学生毕业了。假期里大家回学校取毕业证，我坐在教师住宅楼下的石桌边做暑假作业，跟我坐一张石桌的黄老师正在给他的学生准备毕业证，并劝我不上六年级，直接跳级到初一在他班上念得了。我摇一摇头，慌忙赶着手里的那本《暑假生活》。

石桌边还有一个叫袁尼娜的女孩子，她有丰满的胸部、细长的腿，毕业后就立刻烫了大波浪鬈发，最贴近当年生理卫生知识手册封面上的女孩。我以前就听说过她，成绩在班上排倒数，不过能歌善舞，每次联谊晚会都有她的身影。胡学成就没打过她的主意？

尼娜快乐地摇晃着她手里的毕业证，跟身边几个男同学大声谈论。有一回教学楼里突然停了电，有人从背后抱住过她，她大声尖叫，那人肯定就是胡学成。

现在所有人都敢公开议论胡学成，20世纪90年代末，被单位开除了公职，就意味着失去了一切。不过老师们还是相对含蓄的，在背后才骂他一声"畜生"。岑怡姑姑则一直没有和他离婚，她始终相信她丈夫是被人诬陷的。胡学成身形高大、五官端正，一直是学校里最好的物理老师，他没有理由去搞那些还没长开的中学生。

胡学成被开除后就南下打工去了，一两年才会回来一次。我们还是住在同一栋楼里，如果遇见了他，也没有人会刻意回避。不过现在，连杨冬儿都敢直呼胡学成了，他还是牵着芽芽来找我们一起玩。杨冬儿笑嘻嘻地说："你说芽芽知道她爸爸是强奸犯吗？"我一把捂住了杨冬儿的嘴。

物理真难。我终于上初中了，要比小学多学物理、化学、生物、地理，还有早晚自习。我在另外一所中学念书，班主任是我的小姨。我渐渐失去了在教师住宅楼里孩子们中的绝对权力。"岑岑姐姐上初中了嘛。"他们在我身后说，然后就跑开了，没有人再愿意邀请我加入他们的游戏。我有成堆的作业要做，而那片药材始终都没有长起来。

突然，我看见胡学成在不远处的铁丝边晒被子。"实在不会，就去问一下你胡叔叔嘛。"我吓了一跳，看见我爸叼着烟斗站在我背后，"你胡叔叔以前教物理教的是最好的。"

而我能去问一个强奸犯物理作业吗？

我已经不是一个女童了，我是少女了。我来了月经初潮，不过他们还不知道。在我晓得自己身体的秘密后，就每月从我妈用的卫生巾里抽出一枚储蓄起来，积攒了好大一包，就是为了在第一次来月经的时候可以不用惊动任何人。

我一直记得第一次来时，它在我的纯棉内裤上留下一块小小的褐色的血渍，看见时已略微有些干涸了。我没有害怕，甚至还有点欣慰，就像遵守了一个与上天的约定似的。而曾经那些才来过几次月经的女孩被他叫去他家，或者被命令在学生宿舍等他，女孩苦苦哀求他，他从不为所动。牛叔叔说过，"她们的裤子上都是血"。

牛叔叔生的是女儿，廖叔叔生的是女儿，胡叔叔生的也是女儿，爸爸们带着女儿去江中游泳，胡叔叔甚至是其中最高大斯文的，他有家庭、有事业，有妻子、有孩子，他教物理还是教得最好的，年年都评得上教师骨干，但我开不了口问他这道我做不出来的物理题。

之后，我就再无与他相关的回忆，将近二十年便这样过去了。雨停后，我已拖净地板，想给妈妈打个电话，问她芽芽现在在哪儿。

当年的那所中学早就换了新址，生源也变化了，老师们也更新换代，早就不是当年的那些人了。甚至那栋老住宅楼里曾经的住户现在已经没剩两家。

我听说依依最有出息，后来考上了北大。牛小雅成绩不太好，连大学都没有念。杨冬儿则已经结婚了，他长大后就再也不像贾宝玉了。政教处姚主任的女儿当年和芽芽一样大，去年过年时，她爸爸带着她来我爷爷家串门，我正好也在，姚主任原来还是我小姑和姑父的高中同学，她女儿姚兰如今念的是军校。我们一起打了几圈麻将，她手生，她爸爸在她背后指点了两声，姚兰大声喊："你就不能别管我吗？"

她爸爸憨笑两声，稍微退得远了一点，还是认真地看着她的牌。我在他身上已经看不到当年凶狠的政教主任的影子了。岑怡姑姑的老家和我爷爷的老家就隔着一条马路，这些年我几乎没有听人提起过她的近况，还有芽芽的。

我希望芽芽已经被所有人忘了。

群租者不知所终

突然就是六年前的事了。

六年前，推开北京的那扇门，里面的隔断间只有一张双人床那么大。

幸好里头放的是张单人床，还能站两双人脚。

现在有两个人要住进来。

刘真和苏雪是大学同学，毕业前一起来北京找工作。

她们拉开电灯，敲敲墙壁，三面都是合成板。白天灯也得开着，因为没有窗。在北京城内，六百块，还不够租到四面实墙和自然光。

没关系，年轻的外来者要的是北京的室外与白天，要坐车，要钻地铁，要跑招聘会投简历，要进各种大厦和小楼面试。

白天结束，不同的人回不同的房屋。

这座城市不关心你晚上睡在哪里。

在那个黑色的抽屉里，刘真和苏雪也能一觉到天明。

但住隔断间也是要缴水电费、燃气费的。

第二天晚上就有人来敲她们的门，是住对面隔断间的女人，大夏天的还穿珊瑚绒睡袍，称自己是个英语老师，姓张。张老师捏细了嗓子发嗲，一口一个"我们女孩子家"。

"我其实也大不了你们几岁的呀。"张老师认真地说。

但她看起来简直有刘真和苏雪加起来那么大，眼袋和皱纹明明白白地出卖了她。

张老师捂着低胸睡袍的领口，站在苏雪和刘真的门口说了差不多半个小时的话，不外就是些怎么用电、怎么用水、怎么用洗衣机的事。张老师会把一件事来回说上好几遍，这显然是上了年纪才该有的毛病，她千叮咛万嘱咐她们一定要注意干净，她父母都是医生，自小有洁癖。

最后，她问刘真、苏雪各要了二十块钱，说是需要平摊的电费。

刘真终于能关上门，但听见张老师还在外头呢喃，像自言自语，又好像不是。苏雪塞上耳机先躺下了，刘真继续侧头听。

突然又有人敲她们的门，刘真吓了一跳。

开门的还是张老师，臂弯里多了一只白猫。但张老师不是来让她们看猫的，她递过来一沓报纸："看这儿，过几天有场招聘会，你们要不要去？"

　　这场招聘会的信息，刘真还真没从网上看到过。

　　见刘真有兴趣，张老师又有机会滔滔不绝了。她臂弯里的那只白猫倒是安静极了，一直冷冷地盯着刘真。它有一双像人一样的眼睛。

　　这晚，刘真没那么快睡着。

　　她听见苏雪也在不停地翻身。

　　"你看见她那只猫了吗？"刘真问苏雪。

　　"有点吓人，"苏雪说，"那眼神，像人。"

　　她们听见张老师还在房间里来回走，像哄婴儿一样哄她的猫。

　　"哦哦哦，妈妈的乖儿子睡觉觉。"

　　"不睡？不睡，那妈妈继续抱抱。"

　　"妈妈亲一个，么么么，再亲亲……"

　　原来那只猫每日要听那么多人话，享那么多非分的怀抱，难怪能长出一双人眼。

　　刘真叹了口气，有点哭笑不得。今年全国大学毕业生有 600 万人，走在大街上卑微得像蚂蚁，千里迢迢来北京找工作，她们做好了吃苦的准备，下了最严肃的决心，但对面隔断间那个古怪的张老师让她们觉得自己活脱儿走入了一出舞台剧。

即使墙薄如纸的隔断间都像舞台上的临时造景，日子还是要实打实地过下去。

每天清晨，从光线暗淡、气味浑浊的房子里走出来的年轻人都尽力地打扮过了。

找工作才是头等大事。何况这套房子里一共住了十个人，光隔断间就有五间，另有主、次卧各一间。刘真觉得，她们俩也能像其他房间里的人一样，晚上回来后就可以活成舞台上一个个默不作声的角色。

但张老师没有称她们的心。不日，冲突先由张老师展开。原因花样百出，绳子、头发、厨房燃气，都能惹出一番唇枪舌剑。

那根牵在厨房窗子边的晾衣绳是张老师的，苏雪却把衣服晾在了上面。张老师咚咚咚地来敲门："把衣服取走吧，已经干了。"苏雪以为是热心提醒，进厨房把衣服收了。衣架空出来，正好能再洗两件 T 恤挂出去。她拎着湿衣服进厨房晾，绳子却不见了。

那根绳子是张老师的，张老师把它收了。苏雪不知情，大咧咧地去敲张老师的门问绳子哪儿去了，她要晾衣服。张老师没开门，隔着薄薄的门板回应："绳子是我的东西呀，用完了，我当然要收回来的呀！"

苏雪现在没有别的地方可以晾衣服。房子被中介隔得几乎没有了公共空间和光照，能透进室外光线的窗户，除了厨房的，都被封锁在了靠墙的大隔断间里——那样的阳隔比刘真、苏雪住的暗隔要贵两百块钱。

"我今天先借一下不行吗？"苏雪还在同她较劲。

张老师没再回应。刘真把苏雪拉回房里："你没看我们洗澡时她都在掐表吗？你最好一根毛的便宜都别占她的。"

刘真把湿衣服摔进洗脸盆，埋头叠床上的干衣服。

干衣服上沾了许多猫毛。

张老师的那只白猫，白天会跳上厨房窗台看风景，那里是唯一能看风景的地方。它很懂生活情趣，倒是不嫌弃这里的逼仄。

刘真决心自己绝不碰张老师的哪怕针头线脑。

但张老师的权益还是被侵犯了。

张老师作为公共区域的权益共享者之一，对公共区域权益的侵犯，自然也是对她利益的侵犯。刘真把不该留在公共区域的东西留在了那里，比如洗澡时掉的头发。

这天上午，张老师在卫生间里大声抱怨起来："洗完澡就不知道打扫吗？多少次了，每次都是我在替你们打扫！今天地上又全是你的长头发，这么不讲究卫生、不爱干净，你们是农村人吧？！"

苏雪出去面试了，刘真一个人躲在屋里改简历，听见张老师又在唠叨抱怨，没吭气。地板上或许有她的几缕头发，但绝不至于茂盛如茅草，值得张老师日日为她收割。何况张老师的房间那才叫人叹为观止呢，想象一下把一个女人和一只猫以及她们的一切乱七八糟的生活用品都堆积在一张床上会是什么情形，张老师的房间差不多就是这样。从房间里散出的味道更别提了，猫尿味混合隔夜的剩饭味，啧啧，闻过便永生难忘。

刘真立誓做个沉默的大多数，但张老师的台词还很长。她又讲刘真、苏雪就交了那点点电费，但在房间里电脑一开就是两台。

她们俩每次与她说话，也不过是把房门拉开一道缝而已，而且她们开电脑的时候并不多（这房子里没有网络，开了电脑能做的事极有限），但通过一道门缝，张老师对她们的用电情况还是了如指掌。

活了这么多年，还没有谁跟刘真如此斤斤计较过。一度电才四毛钱啊，两台电脑一天开两小时，能花几毛钱电费呢？她们的确是穷学生，但还没有穷到这种地步。

"你叨叨够了没？"刘真还是没沉住气，忍不住朝卫生间大吼了一声。

张老师显然还没说够，又从厕所转场厨房，批判刘真每天早晨还在用燃气灶煮牛奶麦片，房子里都没人在厨房里做饭。

热一碗牛奶只须开燃气两分钟，何况刘真看见过张老师不止一次用燃气灶炒饭。

刘真就这么跟她吵了起来，两个人的声音都越来越接近花腔。刘真大学四年都在讲标准普通话，从没跟人用普通话骂过架，这会儿要当一个泼妇，没想到脱口而出的全是湖北家乡话。

普通话怎么讲，在骂人的当口儿，她似乎全忘了。

这个发现，连刘真自己都惊呆了。

等苏雪回来的时候，刘真已经没有什么力气和她重叙白天发生的一切。

两个人默默地吃着蛋黄派就矿泉水。苏雪说："今天我面试了一家地产销售公司，一面通过了。如果明天能通过二面的话，估计下礼拜一我就得搬走了。"

刘真手里的蛋黄派一抖，那她到时候岂不是要一个人留在这个小抽屉里？

"你想好了呀，你学的可是文化产业管理，你真的要去卖楼？"但刘真脱口而出的是这句。

"但那边包食宿，离城区挺远的，在顺义。听说是拿别墅改成的员工集体宿舍，很宽敞。"苏雪抹了抹嘴边的蛋糕屑，"我其实挺想试试做销售的。"

刘真眼前立刻出现了地产中介公司前面一群穿廉价西装的男女随音乐做早操喊口号的画面。

"你觉得你真能做销售？"刘真和苏雪同院不同系，她们只是结伴来北京找工作，彼此在过去并非莫逆。

苏雪点了点头："大学时候，我还想过做安利呢。"

之后刘真便不再说话了，两个人都塞上耳机，默默缩进被子的两端。

门缝里传进炒饭的油烟味，一定是张老师在炒饭，刘真看了看表，已经是夜里十二点了。

第二天，苏雪早早出门去二面了。

刘真一直睡到中午十一点。当天没有招聘会，之前投过简历和面过试的，都没再有音信了。她枯守在黑抽屉里，期望能有一两个通知她面试的电话打进来。

而张老师则在外头不停地跟人打电话。张老师的房间钥匙锁在屋里了，想找人从房门上方留的一格小窗子里翻进去，替她把钥匙拿出来。"嗯，嗯，你别担心了，我找我两个学生帮我弄哦。拜拜哦，拜拜。"她打电话的语气，在向娇滴滴的二十岁方向努力。

她真的有学生吗？刘真疑惑。她从来没有相信过张老师真的是老师，真的能教英语。估计这房子里也没有人相信。

过了一会儿，刘真的确听见了两个年轻男孩子的声音。他们估计是一个扶住一个，翻进了那扇门上方的小窗，替张老师从里头把门打开了。

那两个男生就是张老师的学生吗？

看见张老师的可怖房间，他们会有什么反应？

刘真因为刚和张老师吵过架，一直没开门去观望张老师的事，她只能凭声音想象外面的人物和剧情。

她真的教英语？真的有学生？什么样的学校能用她这样的人做老师？什么样的老师满脸皱纹还敢说自己才二十九岁，装娃娃音、住隔断间、把猫当自己儿子养、和大学毕业生挤最低端的招聘会？

女人能跌到的最底层也不外如此了吧。

晚上，苏雪回来，刘真说起了白天的事。

但她的学生是从哪儿来的这个问题，她们还没探讨清楚，张老师的又一通电话让她们俩再次跌碎了眼镜。

人家张老师才没她们想象的那么凄苦，张老师还在相亲。

"人家还没到三十岁啦，而且看起来很年轻的啦。……你刚才说什么？你很流氓欸！……"最后，张老师约电话那头的男人在劲松地铁站附近的和合谷见面。

张老师和流氓，到底谁会把谁吓跑呢？刘真和苏雪又陷入了沉思。

但张老师不为第二天的事烦忧。

午夜十二点，她又钻进厨房炒饭。饭就是从外面买的那种一元钱一份的快餐盒白饭，用油炒了再放点盐。油烟味又从门缝里钻了进来，刘真觉得，那只有油和盐的炒饭或许吃起来也是喷香的吧。

后来几天，换苏雪待在小黑抽屉里等消息，刘真一天到晚在外头跑面试。

不知道张老师又会跟苏雪唱哪一出。

晚上回来，刘真看见苏雪一脸不高兴。刘真心领神会，只问她一句："又是那个老女人？"

"我看她都快把乳头送进那只猫嘴里了，一整天都在同她的猫说话。"苏雪的表情很绝望，"我的毕业论文还没写完，待在房间里，被她吵得根本写不下去。如果地产公司不要我的话，我准备回学校了，北京太难了。而且，什么奇葩的人都有。"苏雪故意将最后一句放大了音量。

晚上，住主卧的男生进卫生间洗澡，洗得略微久了一点。张老师去敲卫生间的门："洗完了吗？你知道你洗了多久吗？"

卫生间里的人没有理她。

隔五分钟，她又去敲："洗完没，洗完没，我要尿尿了。"

天，她居然用"尿尿"这个词！

刘真和苏雪竖起耳朵听。

再隔五分钟，她又敲："你要出来了吗？我都快要尿在裤子里了！"

刘真和苏雪捂住嘴笑。

突然她们听见卫生间的门被那男生砰的一声打开，他大吼："你把我的热水关了？"

张老师发出尖尖细细的声音，那声音听上去简直像在撒娇："谁关你热水了？你洗了那么久，我要上厕所的呀！"

那男生气到极点，怕是只差动手："你他妈的凭什么关我热水？我在洗澡，你来敲门，敲哪门子的门？你还要不要点老脸？要尿？要尿你他妈的就尿裤子里啊！"

那男生的声音粗壮雄浑，其间，张老师的声音绵绵不断，但全被死死地压在男生的音量下面。

刘真想起她跟张老师吵架的情节，觉得自叹弗如男儿身。

但张老师对关热水这件事显得一头雾水。她来来回回说的都是男生洗太久，而她想尿尿。那男生则不停地大声质问她凭什么关热水。

那个男生终被他的女朋友劝回房间去了。

热水是怎么停的，对于黑抽屉里的听众来说，成了那个晚上的一桩悬案。

尽管张老师被那个男生大骂了一顿，解了刘真的恨，但刘真觉得热水或许是因为燃气突然没有了才停的。

他们住的房子，燃气费和电费是 IC 卡预存制，张老师每次都只来收十块二十块替大家充值。这点钱，其实一次买不了多少燃气跟电，尽管有十个人的十块钱，但也是十个人一起花。

那一晚，七个房间都安静极了。

礼拜一，苏雪打包了她的行李，登上了地产公司的大巴。

走之前，她把她的安利牙膏留给了刘真："我看你的牙膏快用完了，我这管就留给你吧，挺好用的，而且每次只需要挤黄豆粒大一点。"

刘真捏着那半管旧牙膏，没说话，同苏雪挥手说了再见。

苏雪走得是那么迫不及待，也是那么无可厚非。回到小黑抽屉，刘真颓然地坐在床边。她一抬眼，看见苏雪原先放行李箱的地方有一沓旧报纸。

刘真拾起来，还是刚搬来那会儿张老师拿给她的。一看招聘会时间，正是当天。

她从床底下找高跟鞋，却被吓了一跳。不知什么时候张老师的白猫溜了进来，就蹲在她的床底下，蓝眼睛一动不动地瞪着她。

刘真也试着与它讲人话："请你出去。"

白猫没有反应。

刘真只好动用扫把。

床板被扫把打得咚咚响，白猫还是躲在床下，左跳又闪，就是不出来。时间分秒流过，刘真要赶招聘会，急得满头大汗。她从没想到自己也会有如此渴望张老师出现的时候，可是张老师一早就出去了。

"我知道你妈也不容易。"刘真把脸贴在地上，只能朝床下的猫动之以情，"这招聘会还是你妈告诉我的，我谢谢你妈。"

白猫还是无动于衷。

她站起来，想起书包里还有半袋没吃完的鳕鱼片。鱼干倒在门口，白猫终于仪态万方地迈出步伐。刘真赶紧扫帚一挥，连猫带鱼干都扫出了门。

从招聘会里大汗淋漓地出来后，刘真在街边买了只鸡蛋灌饼当午餐，举目正好看见张老师这会儿才一摇一摆地往会场方向赶。她戴了非主流们最喜欢的无镜片塑料黑框眼镜，穿膝盖破洞的牛仔裤，脚上是一双松糕鞋，她那细细的小腿，感觉轻轻一折就能断成两节。

"您都是要骨质疏松的年纪了啊。"刘真哀叹，但她没上前去打扰她的袅袅婷婷。

刘真终于从这场招聘会上得到了一份她还算满意的工作，虽然也是地产公司,但还算家知名企业,而且她是去负责做企业内刊。刘真是中文系的,如此也算对口,工资待遇不错,毕竟不用去卖楼。

她不知道张老师找到新工作没有。

但刘真知道,那个小黑抽屉,她也住不了太久了。

搬走之前,刘真把苏雪留给她的那管牙膏留在了卫生间。她其实知道张老师一直在偷偷地用她的牙膏。而且不用她特意交代这种牙膏的用量,张老师每次也只舍得挤黄豆粒大一点。

后来,北京掀起了打击取缔群租房的运动,但这已经是几年后的事了,不管有没有真的取缔完,刘真早已不住隔断间,也早换了跟开始八竿子也打不着的工作。

刘真慢慢失去了这几年曾与她群租以及合租过的人的联络方式,也包括苏雪的。

在如此庞大的城市里,有无数个匣子和抽屉,还有无数次不愿相遇或无法再会的告别。

我们很容易就不知道一个人去了哪里。

我们都不再是适合调情的年纪了

1

茶楼包厢，四个人正在玩四川麻将"血战到底"。姜翠微手旁赢的筹码最多，还有不在场者拿手机胡乱"买马"的，不过是远程逗逗麻将桌上两个女人的欢心。

姜翠微又和了个清一色大队子带杠，满和了，一边吮着手里的凤梨干嘻嘻地笑，一边给旁边的赵天晓看看牌。另外还有一个 Polly、一个 Peter，他们蹙着眉头看着池子里的牌，讨论着最后还能不能剩一只金张。四个人都是四川人，都留过学，总归是又爱说英语又爱讲四川话，尤以 Polly 和 Peter 为甚。

赵天晓正不晓得该出哪一张牌，于是抬头瞪了那叽叽喳喳的两人一眼：

"我说你们两个 P 能不能先别吵，搞得我都不知道下哪个'叫'了。"

Polly 娇气地回嘴："还怪我们吵你，我们没催你就是好的了，这包厢可是按时间计费的，就你这速度，打一晚上，茶钱都赢不出来。"

赵天晓的牌刚落地，Peter 就跳起来："和了！"

Polly 和姜翠微两个女人一阵大笑："千挑万选送上去让人和！"

现在牌桌上就剩下 Polly 和赵天晓了。Polly 抿着嘴，一副要笑不笑的样子，摸起一张牌就看赵天晓一眼，把赵天晓的心都给看乱了，现在两个人就比赛着谁能先摸到自己的那张和牌。牌摸尽了，两个人都没和成，于是灰心丧气地推了城墙。时间也不早了，大家各自算了算抽屉里的筹码，摸出钱包里的钞票把账都彼此兑清了。

"哎呀，最后一局，不给了不给了。"姜翠微一贯大方，何况她是今晚唯一的赢家，先拎上自己的包替大家付茶钱去了。

Peter 就问赵天晓："你老婆没给你定宵禁时间吧？"

"定啊，怎么没定？"他心不在焉地回了一句，顺便又看了一眼 Polly。

姜翠微回来了，大家商量着怎么回去。赵天晓和 Peter 都是开车来的，于是让姜翠微跟赵天晓顺路往北，Polly 只好跟着 Peter 往东。

现在这个四川人的圈子，没有人知道姜翠微是赵天晓曾经的情人，那都是同在美国念书的时候的事了。

他前脚回国，然后结了婚。她后来又在美国姗姗地交过几个男友，才回来。

"我觉得那个 Polly 对你有点意思啊。"车由姜翠微开着，赵天晓晚饭时不小心喝了几口酒，这段时间查得严，还是要小心一点。

"对我有意思的女孩子多了。"赵天晓有一种很安全的得意。

"不过你的麻将技术倒是一如既往的不行。"姜翠微笑。

"我不是那块料。"他说。不知道为什么，语气却相当悲情。

一个四川人麻将打不好，就跟不能吃辣似的，几乎成了一种原罪。

"下个月我就到上海去了。"姜翠微说。

"去出差吗？"

"那边有个公司给的待遇挺好的，我打算过去做，不在北京待了。"姜翠微的脸上并没有什么多余的表情。

"什么公司啊？"赵天晓还是心有不甘。

"一个刚起步的外企。"看样子姜翠微并不想对他多说。

车很快就开到了赵天晓所住的小区外，姜翠微先下了车："你自己开进去吧，这一小段路，应该没问题，我打个车，十分钟也就到家了。"

赵天晓还没来得及拦住她，姜翠微就坐进了一辆出租车。出租车开走了，姜翠微和赵天晓就这样分手了。

2

姜翠微再回北京来就是五年后了。

赵天晓忙着挣钱养家跟带娃，Polly 倒是嫁了个北京"土著"，只剩下 Peter 依然在打光棍儿。而姜翠微也有了一个男友，是她曾经的老板、现在的合伙人——一个快五十岁的美国男人。他们俩现在合伙另注册了一家公司，其实基本复制的是原来那个上海公司的模式，现在回北京做得风生水起的，明年计划要在成都和广州开分公司。

几个人又约好到茶楼里打牌。

姜翠微到得晚，她依然开朗爱笑，就是身材走了点样——她怀孕了。

四个人又你推我让地坐下来，Peter 依然是最八卦的那个："听说是怀了个混血儿？"

姜翠微但笑不语。

"婚礼咋不请我们呢？" Peter 还问。

"哪办婚礼了？他婚都还没离呢。"姜翠微也不隐瞒。

倒是 Polly 睁大了一双无辜的眼，左右瞟了瞟两位男士，觉得这真是件惊世骇俗的事，而她婚前明明是最开放的那位。

姜翠微看在眼里，嘴上不再多言语。赵天晓出来说一句："要孩子是你的决定还是两个人的决定？"

姜翠微说："没谁决定，突然有了，就这么要了。再说，就算他不要，凭我的能力，还养不大一个孩子吗？"

姜翠微现在开的是上百万的英菲尼迪。

四个人的生活如今有了很大的差异。慢慢地，牌就打得没趣味了。这回，急匆匆说要回家的是 Polly。Peter 摊一摊手："Sorry，我今天没开车，送不了你。"

Polly 忙着收拾她的手提包："谁要你送，我老公已经到楼下了。"

但她始终没有引荐她老公给大家看，据说特别有钱，又据说特别难看。

这回，姜翠微也住去了东边，跟 Peter 顺路，留赵天晓一人悻悻地往北。

Peter 在车上问姜翠微："感觉天晓今天不在状态。"

姜翠微说："没看出来。"

Peter 又说："姜总，之后有什么发财计划，记得叫上我们一起啊。"

姜翠微笑："好。"

"我快辞职了，老在政府里头干也没什么意思，现在跟朋友合伙搞了个餐饮项目，开连锁麻辣烫店。"Peter 能打麻将也能吃辣，身上另外显著的四川人特点，可能是个子相对矮了点。

"挺好挺好，回头要是需要店面设计，我帮你介绍设计师。"

"设计师倒是不急，你要有合适的姑娘，记得给我介绍介绍。"Peter 贼贼一笑，又多朝姜翠微看了两眼。

3

姜翠微并不是全然靠那个美国男人才走到今天的。

当初去上海时，办公室里都没有一张现成的桌子。她舍不得花钱找工人，堂堂一个所谓的总监，蹲在地板上，拿改锥和螺丝把一张张桌子给组装了起来。她曾经是把那个初创的公司当成自己的公司对待的。

论能力和胆识，赵天晓和 Peter 都在她之下，更别提那个 Polly。

跟 Peter 和 Polly 不同，如今这个美国男友，却偏偏不喜欢别人叫他的洋名，非要取一个硕大的中国名字叫浩瀚，自己介绍起自己来时，实在听不清楚他在叫自己"浩瀚"还是"好汉"。

除此之外，他们在一起，说最纯正的英语，喝最纯正的红酒，每年去南汉普顿度假。当年在美国留学，姜翠微的的确确过的是校园版的底层生活，最奢侈的举动不过是排队去一趟城中热门餐厅吃一客牛排，跟现在没法儿比。

姜翠微顺利地把孩子生了下来。当时在产房外，浩瀚激动得哭了，姜翠微却没有显得太大惊小怪。

"孩子啊孩子，我生了个不在乎他父亲是谁的孩子。"姜翠微叹道。

而浩瀚当初是怎么打动了她？此刻在产房，姜翠微平静而虚弱地回想，或许只是那次在旧金山，在码头附近那家靠海的餐厅，外面停满了游艇，而夕阳正好，金黄色的光线直直地从窗外灰蓝色的风景里照了进来，就照在她面前的那盘龙虾上。那画面不用滤镜，照出来也显得特别高级，而他适时地用中文说了一句"我爱你"。

太浪漫了，为什么不答应？反正她现在什么都不缺。一个百般宠爱她，能让她活得柔软而高级的男人，不就是她的所需？

　　五年后的今天，姜翠微感觉到，赵天晓的的确确已经成为过去式了。当初即便他已经结了婚，她对他也一直有一分难舍之情，他或许也有。而今，他恐怕对她也没有了任何留恋。她跟了一个外国男人，这估计比跟了Peter还让他没法儿接受。一个和外国男人搞在一起的女人，而且这个男人上了年纪，又有家室，那么这女人一定是需索无度的，恐怕利欲熏心到了极致。

　　姜翠微知道，他们这四个四川人，恐怕以后打麻将打不到一起了。

　　4

　　因为有了个不足周岁的孩子，今年夏天姜翠微就没去美国，一个人带着小洋娃娃还有保姆去了海南度假，她没有要求浩瀚一定也来。她独自旅行的时间一直居多，她和浩瀚的生活彼此还是很独立的。

　　傍晚时分，孩子由保姆带着在房间里玩，她一个人去酒店的私家沙滩上散会儿步。太阳即将沉入海水以下，最后那一点晚霞的光影里，对面有一个人似乎正朝她走来。走得近了，才发现是浩瀚。浩瀚假装惊讶："天，怎么会在这里又遇上你？"

　　姜翠微不禁笑了，她今年已经三十六岁了，只有对这样拿捏到好处的惊喜和浪漫才笑得起来。浩瀚朝她单膝跪下："这就是命运吧，女士，嫁给我，不然我就去跳海。"

　　浩瀚为她离了婚，基本上净身出户，但姜翠微倒也不在乎。

接下来，姜翠微过了人生烦恼最少的五年，直到五年后的一天，浩瀚因心脏病发作，突然死在了他最喜欢的那辆老款奥迪软篷车里。死之前，他将车缓缓地停在了路边，打开了双闪。

而此时的姜翠微已经赚足了一辈子也花不完的钱，她不知道孩子是怎么消化和吸收她这个年过半百的父亲的死的，但孩子在不可阻止地茁壮成长，能找到越来越多属于自己的朋友和乐子。而她姜翠微老了，浩瀚·马克斯先生的死，让她觉得自己不仅老了，而且孤独极了。

她想她该找人打打麻将了。

彼时赵天晓也离了婚，却跟 Polly 有些不清不楚的。Peter 的连锁麻辣烫店没开起来，他倒是在前两年的股市里发了财，如今四处打高尔夫球、倒茶叶，人是没长个儿，但瘦了，据他说是因为吃素，还找了个师父皈依了三宝。

人生，就是给你足够的时间，看彼此都变成面目全非的样子。赵天晓成了一个有小肚腩的寻常中年男人，再也不是大学时那个偶傥风流的赵公子。而今即便他离了婚，姜翠微也对他没有半点意思。当然，人家想搞的也不是她。

今天的麻将局，Polly 并没来，替补上的是一个刚二十岁出头的小姑娘，皮肤白，眉目长得有点像刘亦菲，人小但满口能飙方言脏话，目前还看不出来是赵天晓还是 Peter 的"菜"。

四川麻将里没有"吃"，姜翠微的上家 Peter 倒老给她点"杠"。杠出，按川麻的规矩，现场立马开钱。另外两个人一并埋怨老是受 Peter 的牵连。

姜翠微赢得红光满面，小姑娘越打越有气，撂牌时都掷地有声。姜翠微看见她撂牌的一只手上戴的是卡地亚蓝气球，心想这个小姑娘可能还有点不简单。

姜翠微早就下了"叫"，小姑娘点了她几圈"炮"，她都没和。

"你毕业了吗？"她问"刘亦菲"。

"毕业都一两年了。"她缺的一门是"万"字，现在还不停地打出条子，必然是一门心思在凑筒子的清一色，忙得眼皮都不抬。

姜翠微想了想，打出了一只二筒，算着她估计想要这一只，心想就逗她开心。小姑娘连忙要碰，没想到她的下家赵天晓抢着和了，而且还是个小屁和，气得小姑娘直骂赵天晓的娘，另外三个人就笑作一团。姜翠微心里想："二十岁可真是好啊。等我的小姑娘长到二十岁的时候，我就差不多六十岁了。那时候，真的该去茶馆打老年麻将了。"

但小姑娘可不是这么看姜翠微的，姜翠微虽然早就年过四十，但依然皮肤白皙，就算有几道皱纹，那也是充满生活优越感的皱纹。何况她戴的珠宝、拎的包简直让她在房间里发光。小姑娘其实视姜翠微为偶像，就跟她当年一样，根本没有把旁边这两个男人放在眼里。

打完麻将，大家盘点，收拾着准备回家。赵天晓原来北边的房子留给了前妻，现如今这三人都住去了东边，也都是开车来的。姜翠微想着这姑娘到底会顺谁的车，没想到她站到了自己身边："我跟微姐走吧。"

"微姐，你现在都忙些啥呢？"小姑娘在副驾驶座上问她。

"不忙啥了，就忙着带孩子啊，孩子去上学了，我就在家煮饭、打扫卫生。"姜翠微说得并不假。

"微姐能给我介绍个好点的工作不？我不想在现在这家公司干了。"现在的小姑娘都不会拐弯抹角。

"你学的是啥专业啊，现在做哪个行业？"前方有并线，姜翠微忙着看后视镜，问得有些心不在焉。

"学的商科啊，现在在一家银行。"小姑娘垂头丧气的。

"这不挺好吗？多好啊，我当年那么想进银行就是没进成。"姜翠微说。

小姑娘听出姜翠微是在敷衍她，便没把"也给我介绍个外国男友吧"这句话讲出来。

"微姐，啥时候去你家打麻将嘛，听说你家特别大。"下车时，小姑娘跟她寒暄，背后是个破旧的老小区，姜翠微这才注意她还提了一个Mulberry 的包，只可惜金属扣有点歪。

姜翠微笑了笑这个小姑娘："要得，下次请你们来。"

5

姜翠微现在的生活就是煮饭、学茶，还有瑜伽，最近还有人给她介绍了一个地方可以学国画和书法。

这一天，Peter 蹿到了她常去的一家茶具店，神神秘秘地对她讲："听我说，卖两套房子，把钱拿来买这只股票，几个月后你就有十套。"

姜翠微瞅他一眼，笑："神经病。"

"你看我是不是最义气的那个？大好事都是想着你的。你不要多问，快买。"Peter 在那里跺脚。

姜翠微也不是完全信不过 Peter，但现在的她已经不想叫心脏再去受这些额外刺激了，她也不想再去挣更多的钱："好了好了，我知道了，等我今天先把茶海挑好。"

"一定要买！听见没有，我就跟你说一句，×× 和 ××× 两位大佬都买进了，绝密，别再跟另外的人讲！"

姜翠微笑着咳嗽了一声，拍了拍 Peter 的肩膀，赶紧一并出去了，别扰了人家茶具店的清静。那天倒也是巧，晚上到一家面包店买点心，竟然又碰见了那个小姑娘。

"哎，怎么你也在这儿买东西，对了，你叫——"姜翠微跟她打招呼。

"Poppy。"小姑娘使劲笑。

两个人在面包店里坐下喝了一杯茶，闲闲散散地谈了一些有的没的。Poppy 就问她要不要做些理财，姜翠微说该做的都在别的银行做了，后来又答应她明年把钱转些到她们银行来，算替她完成些存款任务。

又聊到股票，Poppy 刚入市，还不知道买哪些好，姜翠微就随口说了Peter 告诉她的那一只，末了又叮嘱了一句："股市有风险的，你还是小心点好。"

小半年又过去了，这天 Peter 急吼吼地给姜翠微打电话："股票，当时你买了多少？现在眉开眼笑了吧，最近可以抛了。"

姜翠微说："啊，我忘记买了。"

Peter 在电话那头大吼大叫，因为那只股票涨了近十倍。然而拼了身家买了这只股票的是 Poppy，她可是奉了姜翠微的话为圭臬。

等下次再打麻将的时候，Poppy 没来，听说是买了房子，最近在忙着装修。Peter 也没来，好像是跑南极去玩了。赵天晓则忙着跟前妻复婚，连人影子都见不着。今天在姜翠微家打牌的是和她在一处学毛笔字的几位太太。

今天玩的不是四川麻将，有东西南北中发白，有碰有杠还有吃。推倒和，一家赢牌此局就算完结。

"对了，你们听说没，米老师离婚了。"坐在姜翠微对面的太太姓李。米老师就是她们的书法老师，三十岁出头，家境不错，有个上幼儿园的孩子，总穿棉麻，一副不食人间烟火的样子。

"好像是吧，蔺总条件好嘛。"姜翠微的右手边是傅太太。蔺总也是书法班的一员。这个高级书法班开在二环一套古色古香的名贵四合院里，学员资质受过严格的审核，说白了都是些有钱有闲之辈。姜翠微没想到这个看上去相当遗世独立的米老师还这么有野心。

另外一个是古太太，早和先生国内外两地分居，如今也在四处物色可靠的男人，没想到竟被一个书法老师抢了先。

古太太从鼻子里哼出一口气："千算万算就是没算出这种和法来，唉。东风。"

姜翠微招呼阿姨给太太们上些水果，可这麻将越打越悲观。姜翠微觉得自己今天是和牌无望了，突然换了规则，她手生了。

6

无论是在婚姻还是在猎艳市场上，姜翠微都感觉自己已经没了优势。比自己条件差太多的，她当然看不上，自然不算在内。也许是已跟过洋人一场，如今她又爱上了东方感的一切，一心希望身边能有个儒雅气质的男人做伴。说实话她对蔺总是有些心仪的，但实话又说回来，她除了比那个米老师有钱，估计哪方面都比不上她。

姜翠微连毛笔字也不去学了，茶席也懒得去摆了，上百货公司给自己胡乱买了几副首饰、十几身衣裳，就剩在自家衣帽间的大穿衣镜前对着自己的身体发呆。她哭了，觉得失去丈夫后的自己活得可真够难看的。但时光如流水，她越发地衰老了，如今还能怎么去风流？

这天，她主动约了 Peter。Peter 一身西装革履地来了，她倒还是几何图案的长裙配拖鞋，就是把头发剪得更短了些。

"就是想问你个事儿，当年你不是要开连锁麻辣烫店吗？后来是怎么失败的？"她已经为 Peter 点好了一杯无糖果蔬汁。

Peter 气泄了一半："就这事儿？"

"我现在反正也是闲着，也想进军餐饮业嘛。"姜翠微说。

"你要真闲，跟我一起出去玩呗。去趟地中海，接着再去北非。"Peter

说得漫不经心。

"我想开个冒菜店。"姜翠微没接茬儿。

"冒菜店都开滥了,还有小面。"Peter 不屑。

"那我就还是开麻辣烫店,开个绝对没有麻酱,只有香油、大蒜碟的麻辣烫店。"姜翠微拿手腕撑住头。

"开吧开吧,没人吃,我就天天来吃。"Peter 灰心丧气。

"那我可就任着性子开了?你也不指点我些啥子。"姜翠微咬住吸管,吸溜溜吮完了半杯柳橙汁。

"我去年指点你买股票,你买了吗?你呀你,年龄大了倒又显出了妇人之仁。"

这话让姜翠微有点不高兴,连 Peter 都觉得她年龄大了。一直以来,她都把 Peter 看成自己的最末之选,而 Peter 又何尝不是呢?两个人这些年对有些事其实也心知肚明,不然 Peter 不会白白只为她指点股票,最后竟成全了那个 Poppy。

"对了,那个 Poppy 现在咋样了?"姜翠微随口一问。

"Poppy 啊,跟我分了。"

姜翠微下巴差点掉下来:"你俩啥时候搞在一起的?"

"股票呗,还不是你撮合的好事?小姑娘对我死缠烂打的,我们将就着在一起了三个月。唉,现在的小姑娘,HOLD 不住,天天指着我买名牌,后来送了她一辆小跑,好歹算是分手了。"Peter 现在可真是越活越明白了。

姜翠微一口气吸完了杯子里剩余的柳橙汁。

这个麻辣烫店她一定要开起来。她再也不想理会这些糟心的人跟事，她宁愿天天去剥蒜皮。

7

谁也闹不清楚，一个麻辣烫店，姜翠微为什么要搞这么讲究的装修——丝竹之声，屏风，红灯笼，长长的实木桌板条案，盘子、碗的形状都跟别人的餐厅大不同。没关系，姜女士有的是钱。店开在一个高档社区旁边，来吃饭的有相当一部分却是老外。

蔬菜都是有机的，虽然没有她痛恨的北方麻酱，但另备了味噌、咖喱和芝士味底料给鬼佬。姜翠微在二楼还给自己做了一间阳光房，以备万一打麻将。

她觉得自己这辈子也许真的是有做生意的运，做什么都能挣钱，就是姻缘不如意了些，也许上帝是公平的。她庆幸当年好歹生下了一个宝贝女儿，人生也不算完全没有寄托。

今天阳光房川麻头一局，最先到的是 Peter，他理了个平头，穿对襟亚麻褂子、手工布鞋，手腕上还戴了不知什么木的一堆手串。姜翠微一看他的这副扮相就来气："都跑我这儿来了，你装什么大师？"

Peter 眯眼坐下："大师称不上，你可以叫我净果，是我师父给我取的法名。"

姜翠微将手头的松子朝他扔过去，Peter 倒是敏捷地一避："施主，请不要动手哟。"

后来，Peter 就拿了一把小钳子替姜翠微剥松子，姜翠微只管吃。等了快两个小时，赵天晓和 Polly 还是没现身，都是说临时有事。

"那就再问问 Poppy 呗。"姜翠微阴阳怪气地建议。

Peter 面不改色："三缺一，有个什么用？何况她最近要结婚了，估计忙得不行。"

"她嫁谁了？"姜翠微问。

"好像嫁了个老外吧，她不是一直都视你为偶像的吗？"

姜翠微不说话。

"我觉得她结婚应该会请你。"Peter 又把几颗松仁扔进姜翠微面前的瓷碗里。

"会请你吗？"

"会吧。Poppy 挺像你年轻的时候，性子直爽，为人大方。"Peter 竟然对 Poppy 还能有这番褒扬。

"但我年轻的时候可没让人送过我车。"姜翠微说。

"那我现在送你，你要不要？"Peter 紧追一句。

"送我车就算了，开车送我回家就行。"姜翠微拍了拍手心的松子皮，对这局麻将是不想再等下去了。

8

这还是 Peter 第一次来姜翠微的家。

雪白的墙、胡桃色的地板、蓝色的布沙发、高高的书架，十分不符合旁人对姜翠微家的想象。

房间里的肃穆感让 Peter 觉得似乎不能妄动，只能乖乖地在沙发上先坐下来。他抬脚注意了一下地面上铺的这块奇异花纹的地毯，姜翠微把一只酒杯递到了他手边。他咳嗽了一声，赶紧接过来，气氛就此便陷入了静寂的尴尬。

姜翠微歪在旁边的另一张沙发上，笑了笑，看着杯中的红酒："两个中年人在一起调情，无论怎么调都不会好看。"

"不要给我们的关系扣上'调情'这么大一顶帽子，"Peter 正襟危坐起来，"而且调情总好过偷情吧。翠微啊，你为什么年纪越大却活得越紧张了？"

"也许是年轻时把所有离经叛道的事都做完了，现在竟又古怪地矜持了起来。"姜翠微尝试着喝了一口酒，"也不知道是为什么。"

"也许是因为你对上一段婚姻有歉疚，之后无意识地在惩罚自己，你不相信你还能再幸福一次。"Peter 语重心长地说。

"别跟我玩弗洛伊德那一套。我是玩够了，但你恐怕永远也玩不够。"

"翠微啊，你何必在乎我有没有玩够呢？你当下如果想玩我，你有这个本事也是有这个本钱的，我俩的关系和感情，会因为上一次床而产生什么剧变吗？不会的，该长流的细水一定还要长流。我的意思是，我也许比

不上那位马克斯深情，但我至少比赵天晓那丫的靠谱吧。我觉得我还是有

些魅力的。"他捧了捧自己的肩膀。

姜翠微扑哧一声笑了出来，她本来还有一点感动。

"但你今天穿成这样，我对你就没什么性欲了。"

Poppy 的婚礼，"姜翠微"和"朱皮特"两个名字果然被排在了一起。

Peter 为姜女士拉了椅子，二人坐下后，却突然不知道该聊些什么。

床单已经滚过了，也见识过了彼此不再年轻的身体和依旧旺盛的情欲，

却重获了年轻时刚认识时会有的那种陌生和尴尬。

Poppy 和她的丹麦老公过来敬酒的时候，姜翠微和 Peter 慌慌张张地

站起来接应，感觉他们两个才像两个心虚的晚辈。Poppy 把嘴贴到姜翠微的

耳边："跟他在一起啦？他活儿不错吧，好好享受啊。"

"今天是你大婚，你说这些话合适吗？"姜翠微在 Poppy 耳边回，

又笑着跟新郎碰了一下杯。

Poppy 一点也不介意，开朗地把酒杯朝他们都举了举，挽着丹麦人去

下一桌了。

姜翠微重重地坐回自己的椅子上，Poppy 并没有冒犯她什么，她就是

觉得自己的得失心悄悄地变重了。她是比不得现在的这些小姑娘了。

而现在的 Peter，可不只有她一个女人，而他又有哪方面比得上她的

前夫马浩瀚呢，除了年龄小了些。

"悲哀，这就是中年女人的悲哀。"她在心中默默地诅咒了一句，然后咕咚咽下去了一大口酒。

Peter 看了她一眼："你慢点。"

她没接话，觉得以后还得继续去学书法、练瑜伽。

9

"你不能那么想，微微，"古太太已写了整整十页的"太"，"有总比没有好吧，何况他功夫也不错啊，只要你自己愿意，反正我是没看到有什么坏处。"她抬起手腕，怔怔地看着姜翠微，那眼神简直在说"你要不干，就换我"。

晚上，姜翠微在地板上走来走去："我当年要是没去上海，你会不会和我在一起？"她发微信问 Peter，但发完她就后悔了。

因为她是不会和他在一起的，她那时觉得自己有的是更好的选择。

Peter 的回话却简洁而安慰："会啊，会的。"

但姜翠微很快就提出了自我批评：不能再这样了，如此患得患失，跟个小姑娘似的，简直被朱皮特看扁了。

除了学书法、做瑜伽跟陪女儿，其他时候她就逡巡在"小江湖"里迎来送往。饭店是个结识各路人士的好地方，她很快就有了几个或明或暗的追求者。Peter 偶尔来了店里，看姜翠微春风满面的："生意还行啊？"

"坐坐坐。"她带他到窗边的位子坐下，外面是一片草木，天色将雨未雨。

姜翠微又去另一桌跟相熟的客人打招呼、行贴面礼，讲一阵乱七八糟的法语。Peter 拿手撑着头，不知道该从那看了几百遍的菜单上点出些什么。最近股市大跌，他损失惨重，但不知道该跟姜翠微说到哪种程度，跟姜翠微，只能同甘，不能共苦。

姜翠微终于在他对面坐下，他伸手摸了摸她的手背："你的样子，其实这些年都没有多少变化。"

姜翠微抿嘴笑了一下："嘴突然这么甜，估计没好事吧？"

"翠微，如果我一直是个老老实实的男人，你估计也不会对我怎么上心吧？"Peter 散漫地说。

"你这话是什么意思？"

"你好胜心很强，不过这是好事，你永远能让自己过得好。"

姜翠微抽回了自己的手，她觉得 Peter 过分严肃了。

"对了，赵天晓马上要去跑北马，等他跑下来了，我们应该找他聚聚，替他庆祝一下。"Peter 换了话题。

"赵天晓跑北马？"姜翠微睁大了眼睛，"就他那身体？"

"你不要小瞧老赵嘛，"Peter 说，"他今年一直在健身，体重只有140 斤了，每天都跑步，你不看朋友圈的啊？"

"哦，那他估计是把我给屏蔽了……"她若有所思，难道赵天晓重新做人了？

她没注意到今天傍晚的 Peter 有些失魂落魄，跟他胡乱吃了一通饭，临了也没说去她家坐坐。Peter 走后，她还去另外几桌喝了几通酒。

第二天上午，是 Poppy 给她打的电话，说 Peter 在家吃了一大瓶安眠药。姜翠微差点昏过去："为……为了什么啊？"

"还不是因为股票，这次股灾，他好像赔了一千多万吧。"

姜翠微扶着床头，依旧没站住，他不是还在学佛吗？她以为他是看得最开的人，何况他还那般地游戏人间，他怎么就被这一千万给打垮了？

姜翠微埋怨起了自己，她应该对他多一点关心，但她忙着在感情天平的那一端给自己增加些风流潇洒的砝码。一切都太迟了，她又失去了一个她喜欢的人。

姜翠微扯开嗓子在房间里大哭，幸亏女儿已经上学去了。她哭得眼睛鼻子皱在一起，甚至哭得比浩瀚死时还要伤心。

中午，姜翠微浑浑噩噩地赶去了医院，Peter 却被医生抢救回来了，目前正在 ICU 里躺着。病房外面等他醒来的没有一个女人，只有一个孤零零的赵天晓。

她和赵天晓并肩在长椅上坐下，一时也没什么话聊。

"你的朋友圈为什么屏蔽我？"她突然问。

"屏蔽你？你根本就没加过我，好吗？"赵天晓回她。

姜翠微又哭了，她不明白世界怎么就变得这么复杂了。年少时，她以为她嫁的人就是赵天晓，没想到他们各自结了婚，又离了婚，然后又重新开始——分别重新开始，而她又差点重新失去。

"你现在跟 Peter 在一起是不是？我听 Poppy 说的。"赵天晓问她。

"Poppy 的嘴还挺大。"她抽着鼻子。

"老朱啊，就是得势之后太风流了，这下子，简直就是报应。"赵天晓看着玻璃窗里那个一动不动的人说。

"你的嘴怎么能这么毒？"姜翠微开始护短。

"不过你俩倒是挺配的，你俩都看得开也放得开。回头你要劝劝老朱，让他在钱这件事上也看得开些，生活作风上倒是要收敛些。"赵天晓继续说教。

"你赵天晓没风流过吗？你老婆怀孕的时候你还在外头乱搞呢，你现在倒是教训起一个未婚男人来了！还有我，你哪只眼睛看见我放得开了？"

他们俩在病房外大吵了一架，最后竟把 ICU 里的 Peter 给吵醒了。

10

人生不如意事，十之八九。

这句话成了 Peter 的口头禅。

自杀了一回后，他倒是立地成佛，股也不炒了，姑娘也不找了，帮姜翠微管起了麻辣烫店，现在"小江湖"全城已经开了五六家了。

他和姜翠微并没有结婚，他们自愿维持这样一种松散而自由的男女关系。之后，阳光房里常有人来打麻将，赵天晓来过，Polly 来过，Poppy

也来过，但他们没有一起来过。

"我跟你说，当时 Peter 没有吃安眠药，他吃的是维生素 C 片。"这话是有一次 Polly 来的时候对她说的，"他就是想吓你一下子，看你到底在不在乎他。当然，我也是听的江湖传闻，你最好亲自去问问他。"

姜翠微笑了笑，却始终都没有去问过 Peter。不过，她反而相信 Peter 真的吃过安眠药。她早就人过中年，与其相信一个男人蓄谋已久的情深，不如相信意外可以成全本不能在一起的人。

朱皮特永远都是朱皮特，只是他能得到的已经到顶了，在顶端他看到的只有姜翠微一个。

而她姜翠微还是姜翠微，想打麻将或想吃一顿麻辣烫的时候，朱皮特是她第一个会想到的人，

仿佛这样就够了。

欲望的素材

克服生理欲望是每个人自己的战役。

1

朱紫紫的妈妈在做餐前祷告，朱紫紫也闭着眼，回忆了一遍刚才看的小说细节。锅盖嘭的一声掉在了灶台上，惊动了两个沉浸在精神世界里的人。神，难道是大闸蟹自己从锅里跑出来了？

"就不该解开绳子。"妈妈仓促地说了声"阿门"，跑去厨房地板上捉那只妄想逃跑的螃蟹，"你下楼给我找块砖头上来。"

"别砸，砸烂了也不好吃。"朱紫紫睁了眼，身体并不想动。

"谁要砸？我得把锅盖压实。"

后来朱紫紫让妈妈回餐桌边说冗长的祷告语，她用一根食指死死地按住锅盖顶，螃蟹肚皮朝上，四肢徒劳地动弹了一阵，渐渐地就不动了，然后慢慢转了红。

吃了螃蟹，喝了姜茶，手也洗过无数遍，腥味似乎在身体里始终挥之不去。那只逃跑的蟹是一只雄蟹，它发达的副性腺甚至将蟹壳高高地顶起，精囊里蓄满了白色的精液。朱紫紫打开它熟透的身体，吃到了今秋最肥美的一壳蟹膏。

晚上，妈妈睡得很熟，鼾声均匀。朱紫紫旋开她那一侧的小台灯，光圈收敛地打在英文字面上，封皮早被撕去了。除去两个人长短不一的呼吸，卧室里只剩下翻书的声音。那是一本情色小说，有许多处放肆的性描写。躺在妈妈的身畔，她不需要用手自慰，光靠阅读就能获得性高潮。倒不是那个无名作者写得有多高妙，而是朱紫紫的身体恐怕已经特地为阅读开辟了一项新功能，或者说一条新的阴道，让她体验到安全的快感和无穷的乐趣。

她一点也不讨厌永远睡在她身边的妈妈。

中午，朱紫紫在公司茶水间的微波炉前排队热饭，黄灵凑过来说："一起搭个伙嘛。"

"你这叫搭伙吗？你一粒米都没搭进来过。"朱紫紫从微波炉里端出两只热气腾腾的便当盒，一只里是咸蛋黄什锦炒饭，饭上覆了一半西芹百合炒腰果、一半蚝汁海鲜菇炒牛柳；另一只里是满满的栗子红烧肉，油亮的汤汁里甚至还有几颗探头探脑的鹌鹑蛋。

朱紫紫的手里外加一杯不用加热的银耳莲子汤，是她妈妈早上才熬好的。黄灵抢过其中一只饭盒："啧啧啧，我怎么就没你妈这样的一个妈，算了算了，有了你妈，也没你妈给的这副怎么吃也不胖的身体。"

朱紫紫抿了一口杯中的黏液："乍一听怎么像是在骂人？"

两人互捅了一阵胳膊肘，朱紫紫就听黄灵讲她与男人们的床笫之趣，也算是交换了一顿过分丰盛的午餐。两人时常午餐聊，晚上还煲电话粥。妈妈去走廊外择一把韭菜，朱紫紫就躲在厨房里给黄灵讲些她在姿势方面的见地。这些都是她从书中得来的，黄灵当然不会知道。两个女人在一根电话线两端此起彼伏地大笑。朱紫紫笑完，挂了电话，看着窗外一片灰蒙蒙的屋顶，心想，完了，恐怕她成了一名"薛定谔的处女"。

朱紫紫从小成绩一般，就英文好，这得归功于她妈妈。妈妈对她的学业没有太高的要求，但英文一定要好，在这座都会里，就总能找到一口饭吃。更重要的，是当年她因为不会英文，看不懂那个陌生女人给朱紫紫爸爸写的无数封来信，他才终有一天成功地弃她们而去，至今与那个女人在南洋下落不明。

朱紫紫受英文庇护，躺在妈妈身边看黄色小说，不知这算不算是对妈妈的又一次背叛。天快亮前她终于熄了灯，下体一片湿润。她转头看了看妈妈，她睡得很熟，一只胳膊搭在被子外面。朱紫紫把她妈妈的那只手放了进去，掀开被子的那一刻，她看见了妈妈正在松弛老去的身体。

这么多年来，朱紫紫的妈妈一点也没有再婚的意思。爸爸离开后，她们每天共食同寝。朱紫紫不知道她妈妈有没有过性的需求，而她又是怎么解决的。但没有男人的家庭，经济能力自然很难上去，一套一室一厅的老房子就这么一直住下去，但总归是自己的。

朱紫紫小的时候自然不会去想这些俗事，她唯一担心的是妈妈会不会有一天也离开这个家，也把她给抛弃了。好在后来妈妈每天晚上都同她睡同一张床，盖同一条被子。没有了爸爸，她依然拥有幸福的童年。童年是不需要性的。

"但我好像十一二岁的时候就懂自慰了，当然，那个时候自己肯定不知道那叫自慰。"朱紫紫躺在黄灵的床上，晒着从落地窗射进来的下午四五点钟的太阳。窗前的茶几上还有两杯喝剩的红茶以及一盘没吃完的点心。

两人常常在星期六下午聚在黄灵的公寓里说些私房话。

"不知道为什么，看见电视里的男女主人公抱在一起、亲在一起的时候，我就会很激动。我无师自通地夹住一只枕头，并在脑海里不停地回放那种画面，早晨七八点钟了还不起床。后来，我妈妈应该看出了点什么，但她只批评我老赖床不好，她也没说为什么不能拿腿夹枕头。但我觉得我妈妈已经看穿了我，因为我们是同一种人——女人。这是我突然意识到的，我一下子觉得自己特别丢脸。"

黄灵听得起了劲，拿胳膊支起了头："那后来呢？后来谁又给你做了性启蒙？"

"后来就好好学英文啊，看英文黄色小说，反正我妈又看不懂，我还敢在她一边看电视的时候一边达到高潮呢。我这时候又发现她其实是看不穿我的，以前我总以为她能。"

"再讲讲你的第一个男人。"黄灵眯起了眼睛。

"喂，别老让我讲，再讲讲你。"朱紫紫推辞。

黄灵把上身一挺："我的故事你听得还不够？我把我前男友的射精量都告诉过你了。"

后来两人枕着柔软的真丝枕头，又继续描述了些香艳的镜头。黄灵的猫西西蹑手蹑脚地走在茶几上，嗅了嗅那块吃了一半的红丝绒蛋糕，充满厌恶地走开了。

朱紫紫觉得，有一个属于自己的房间真好。

她不知道自己什么时候才能有。

朱紫紫曾经有机会不是处女。

现在想来，简直有些后悔。当时她真的很喜欢他，而且他长得也帅。

朱紫紫上大学之前，她妈妈让她把手放在《圣经》上发过誓，绝对不能在大学时谈恋爱，以后也绝不能跟不是本地的男孩子结婚。毕业的时候，她一直喜欢的那个男生约她到篮球场，两人并肩坐在看台上，他赤裸的胳膊不停地摩擦着她同样赤裸的手臂。6月的晚上，她觉得周身冰冷，只剩下那只胳膊是热的。四下无人时，他把那只手伸进了她的内裤，她心一横，还是把他推开了。那个男生在这座城市里留不下来，他马上就得回安徽老家。她本来是能逃脱妈妈让她发的第一个誓的，却没有逃脱第二个。

上班以后，公司里又以女性居多，下班后也去不了哪儿，妈妈让她每晚十点前必须回家。她没有在外面跟男人鬼混的机会，就只剩下看黄色小说。从网上下载，打印成册，或在网上买原版的盗版。妈妈似乎永远在厨房里忙碌，每天都在做与前一天不一样的菜式，保持两人食欲的旺盛度。母女两人的食量也相当惊人，却始终保持着纤瘦的身形。在这个家，虽然只有一间卧室、一张床，卡路里却永远富余。

朱紫紫嚼着嘴里那一口韧劲十足的鱿鱼，好不容易才嚼得细细的咽下去："灵灵要去美国外派半年，让我们替她养一养西西。"

朱紫紫的妈妈用牙签剔掉西瓜上的黑籽，放了一片在朱紫紫面前的玻璃碗里："好啊，她自己送来还是你过去抱？"

朱紫紫拿钥匙打开了黄灵的公寓门。

西西看见她，慌忙从窗台上跳下来，在她的脚边转来转去。

黄灵走得匆忙，屋子里到处都是她舍弃的带不去美国的东西。朱紫紫觉得黄灵跟她的老板的关系或许有些不正经，但黄灵从没有与她谈过，她也就不好多问。去美国的机会给了她，公司里总有些异样的声音。

朱紫紫把西西接回了家，但黄灵公寓的钥匙暂时还属于朱紫紫。西西对这个逼仄的新家有些警惕，它微弱地叫了两声，很快就躲去了卧室的床底下。除了吃饭、喝水、大小便，它就一直躲在那里，从不肯轻易出来。

过了几天，它的性情有了些改变，时常焦虑地出来转一圈，继而发出嗲嗲的叫声。西西磨蹭着餐桌下朱紫紫和她妈妈的双脚，并肆无忌惮地将肿胀的外阴露给她们看。

朱紫紫埋头择着辣子鸡中的花椒："西西应该是发情了。"

"黄灵没说能拿去交配吧？这猫好像是纯种的蓝猫，配出一窝小杂种可不好交代。唉，母的就是这点麻烦。"朱紫紫的妈妈眼皮也没抬。

二人不再说话，只有西西依然在餐桌下痛苦地呻吟。朱紫紫感觉裤袋里的那枚钥匙开始静静发热，简直要灼伤她的大腿。

夜里，西西的眼睛亮得像两只灯泡，依然不知疲倦地尖叫。她妈妈如今睡不着，靠在床头空洞地盯着电视机。朱紫紫的小说也看不成了，夜晚于是显得格外漫长。

朱紫紫偏过头，看见她妈妈微闭起双眼，嘴里振振有词。她身边这个女人的卵巢里，雌激素应该已经分泌殆尽，这两年已不见来月经。她从生理上或许已经脱离了欲望的纠缠，又有宗教加持，恐怕已成了身体完全的主人。

而她朱紫紫年近三十岁，依然拥有一条全新的阴道，什么时候才能有听命于欲望的一天？

西西或许是受到了某种相似念力的感应，选择跳到了朱紫紫的怀里。她刚摸上它光滑的脊背，它就立刻翘起了自己的屁股。它的外阴已开四瓣，正是性欲最强烈的一天。朱紫紫觉得，那些上穷碧落下黄泉的性描写，在这百转千回的猫叫声里又变回了最冰冷的纸。

她的身体日渐熟透，纸上的字母在纷纷破裂。西西尚且能叫春，而她却不能。

她真想替她的身体打开另一扇门。

2

那天晚上下了雨，朱紫紫的白皮鞋溅上了泥点子。她掏出一把水淋淋的钥匙，门开了，看见的却是一个刚从浴室走出来的男人。

朱紫紫握紧手里的行李箱拉杆，男人则一把捂住自己的下半身，抢先替自己辩白："我是黄灵的朋友！我家的钥匙被锁在家里了，来这儿暂住一晚上……"他扯了条浴巾围住自己，"白天再想办法开锁。小姐，你是？"

"哦，"朱紫紫赶紧回过神来，"我，我来拿几袋猫砂，黄灵的猫寄养在我家。"

至于那只可疑的行李箱，朱紫紫往身后拉了拉，但她很快就镇定地为自己组织了一套说法："我刚出差回来，直接先过来这边了，我拿上猫砂就走。"

朱紫紫打开厨房的抽屉，心想，真不走运，怎么过来的第一天就撞见了一个不相干的人？她并不想让黄灵知道她会不时地来她家住上几天，说穿了，她们只是同事，同事是秘密最多的那一种人。黄灵可能也不想让朱紫紫过分地进入她的生活领地，她又何尝想让黄灵进入她的？

"我叫孙绍志。"

等朱紫紫拿上猫砂走出厨房时，男人已经穿上了浴袍，蒸汽散去后，他变得眉清目楚了一些。

"我叫朱紫紫。"

朱紫紫此刻心不在焉，想着今晚或许只能去酒店住一晚上，她早就告诉妈妈她要去南京两天，她现在调了个岗位，得频繁出短差。

朱紫紫正要离开，孙绍志拉住她的手臂："都是黄灵的朋友，要不要坐下来喝点热的？你都湿透了，外面雨还很大，出租车也不好打。"

朱紫紫使用别人的钥匙，就是要出来过另一种生活。她朝门一笑，转过身对孙绍志说："好啊。"

孙绍志用热水冲了几勺可可粉，又加了些牛奶。茶盘里有黄灵吃剩的半袋棉花糖，正好能加几枚进去。

"这本来是我给自己预备的早餐。"他把热可可递给朱紫紫，却给自己倒了杯威士忌加冰。孙绍志似乎对这里的一切都十分熟悉，但朱紫紫并没有在黄灵的口中听说过"孙绍志"这个名字。

孙绍志长得不赖，也会找话题，大方地跟她聊了聊最近的城中八卦与社会新闻。

朱紫紫从没跟一个只穿着浴袍的男人同处过一室，男人的体温是不是比女人的体温高一些？朱紫紫觉得自己被他传感得也有点热。渐渐地，两个人的呼吸声在房间里变得越来越明显。

朱紫紫指了指那张床。

他醒悟过来："放心，我会睡沙发，黄灵的床我可不敢随便上。"

他提过来一床自己买来的被子，拿剪刀剪掉商标牌。

"你来，跟黄灵讲了吗？"她问。

"当然，当然。"孙绍志把被子在沙发上铺开，朱紫紫往旁边让了让。

"这丫头，还叫我别把脏东西搞在她的沙发上……咳，黄灵一直放了把备用钥匙在我办公室，结果有朝一日用上这把备用钥匙的却是我。"

黄灵搞不好把她家大门的钥匙放得全世界都是，朱紫紫未来可能还会遇见什么张绍志、王绍志、杨绍志。如果她大大方方地跟黄灵讲偶尔过来借住几天，或许反而没那么麻烦。朱紫紫觉得第二天说倒也不迟。

她喝了几口属于孙绍志的洋酒，结果醉了，没想到自己的酒量原来这

么浅，醒来已经是第二天。孙绍志走了，桌上有半杯牛奶，还有一碟经过
翻箱倒柜才凑出来的曲奇饼干。孙绍志给她在便笺纸上留了言："牛奶是
昨晚剩下的，放心，我晚上存在冰箱里了，没变质；饼干请凑合着吃。我
上班时间较早，先走一步，孙绍志。"

朱紫紫赤裸地站在房间中央，心想，完了，他们把黄灵的埃及棉床单
给搞脏了。

朱紫紫时常回忆起那天晚上行男女之事的种种细节，深感真实的性远
没有文字描写的那么香艳。又或许因为那是第一次，没有几个女人能在第
一次就到达高潮。阴道性高潮恐怕与精神的、自慰的性高潮还是有区别的，
她以后要再试试。

至于是不是再跟孙绍志，她不敢肯定。那个下雨的晚上，仅仅是市面
上一场生动平凡的一夜情，不应当严肃、认真。

这天上午，朱紫紫在格子间里接到一个陌生电话。

"是我，孙绍志。"电话那头的人说。

朱紫紫轻轻咳了一声，走去楼梯间："你怎么会有我的电话号码？"

"那天晚上，我用你的手机朝我的手机打了一下。"

朱紫紫也不知道再说些什么："那个……你没对黄灵说什么吧？"

"我怎么会对她说什么呢，她是我的前女友。"

"那就好，我也不想让她知道。你还有什么事？"

"那什么，做我的女朋友可以吗？"

朱紫紫挂了电话，一时心乱如麻。她目前着实没想着要做谁的女朋友，她本是打算出来"浪"的，所以她在电话里对孙绍志说的最后一句是"你别开玩笑了"。

后来朱紫紫也没向黄灵报备她在每一个谎称出差的晚上都住进了她家。她直觉孙绍志不会把那晚上的事说出去，何况说了又怎样，她是来取猫砂的。

这个房间不知还会有怎样的人走进来，但恐怕都是和她一样有点隐衷的人。在别人房间里寻求庇护的都是同类，朱紫紫倒没觉着害怕。

这天晚上，她穿了一件露背针织连衣裙，趴在吧台上时就露出了森森的脊骨，像一个疲惫的舞蹈演员。

"你怎么这么瘦？能告诉我点秘诀吗？"

一个童花头女孩走到她身边，抽着一根有奶油气味的烟。朱紫紫抬起眼皮看她一眼，她可无意被女人搭讪。

朱紫紫懒洋洋地回答："也许是天生的吧，我怎么吃都不胖。"

那女孩饶有兴味地看着她，这时角落里有人在叫她，她动摇了一下视线。"我叫列那。"她介绍完自己便走开了。

艳遇并没有想象中那么普遍。酒吧或者夜场里的男人要么蠢、要么脏，稍微看得过去的，几个袒胸露乳的女人立刻就围上去了，但也不过是因为看见他来时开了一辆好车。朱紫紫身体放松，精神却永远矜持。

这个晚上找她搭过讪的，最正常也最好看的人，恐怕就是那个女孩列那。找个合适的男人做爱并不是一件容易的事，所以能有个同路人一起拼车回家也是一种缘分吧。

"我在楼道里其实见过你几次，有天晚上下雨，你拎了一只行李箱，浑身都湿透了。"列那在出租车内肆无忌惮地抽烟，朱紫紫则突然警惕起来。

"那天正好我刚搬进来。哦，就住你楼上。当时我就觉得你真他妈的瘦，对了，你到底怎么这么瘦的？我平时连淀粉类的东西都是不敢吃的，也好几年没吃过冰激凌了，妈的。"

朱紫紫看着玻璃窗外笑，车此时正好开过她家那一片灰败的小楼。在无数个黑洞洞的窗口中间，她一眼就能认出她家的。那是她看过几十年的窗口了，放学、下班，远远就仰头看着。妈妈一边站在阳台上等她，一边翻着晒在簸箕里的萝卜干。冬天，阳台上还会生一只蜂窝煤炉，坑坑洼洼的铝锅坐在上面，腊肉已在里头炖得酥烂。

朱紫紫远远一闻就知道，那里头肯定放了一朵她晒在阳台上的陈皮。她从小剥橘子皮就格外小心，务必剥得像一朵完好的菊花。她爸爸曾对她说过，橘子皮剥得好的女孩长大了能讨男人的喜欢，于是她从不敢把橘子皮剥坏了。橘子皮，是与爸爸相关的为数不多的记忆之一。她把它们一一排列在阳台上，慢慢就晒成了陈皮。

他已经走了许多年，朱紫紫也不知道自己现在算不算能讨男人的喜欢了，这种事要男人说了才算。但妈妈每回煮腊肉，总会拣一片陈皮扔进去。

陈皮香融化在了肉汤里，香气变得陌生而凛冽。等泡发的干香菇再加进去的时候，腊肉的香味又会发生变化，干物迅速地吸走肉汤里多余的油脂，释放出一种比新鲜时更芬芳悱恻的气味。化学书上说了，那是因为干燥化让香菇中的核糖核酸转化成了能产生鲜味的鸟苷酸，鸟苷酸又遇上肉类中的肌苷酸，鲜味由此得到了反复加倍。朱紫紫走进屋，挂好书包，妈妈捧出一只蓝花大碗："你舅舅捎给我们的一只腊猪蹄，猪是乡下用粮食喂大的，肉紧，炖出来老香了。"

朱紫紫洗了手，在桌边坐好。妈妈闭眼祷告，她祝祷了她认识的几乎所有人，却永远不会提到她丈夫的名字。朱紫紫拿筷子剥开炖得松软的肉皮，里头现出樱桃色的瘦肉。她把肉挑给妈妈："妈妈，你多吃点。"

出租车已驶远了，朱紫紫看见她家窗户的灯还是亮的。

此刻已经凌晨三点了。

3

她冲了个澡，虚弱地倒在那张过分宽大的床上。

孙绍志这两天又给她打过几次电话，她都按掉了。这天夜里，朱紫紫的电话又响了，她看见屏幕上映亮的是黄灵的头像和名字，这会儿应该是美国的白天。

"灵灵。"

"我的妈呀，孙绍志电话都打到我这儿来了，他说他要追你。"

朱紫紫有一点紧张，从不属于她的那个被窝里直起腰："他跟你乱说什么了？"

"他说得出个什么鬼呀，就说你来我家拿猫砂，见你一面，惊为天人，要娶你，但你就是不理他。"

朱紫紫听出黄灵是在笑她。

"别逗了，谁要嫁他，神经病。"

黄灵在电话那头沉默了一小会儿："哎，我说，你俩是不是上床了？"

朱紫紫还没来得及分辨，黄灵又说："肯定是上了，上了自然就不想嫁给孙绍志。"

"我……"

黄灵继续说："好了，我知道紫紫你不是那种一见面就放得开的人。怎么说呢，孙绍志半年前追过我，他条件老好了，可最大的问题，你知道是什么吗？"

朱紫紫被吊起胃口："什么？"

"把车开不进车库里呀。"说完，黄灵又大笑起来。但朱紫紫怎么就没发现孙绍志有这个问题？她那天晚上虽然没有多愉快，但孙绍志显然马到成功。

挂掉电话，朱紫紫就睡不着了。她靠在床头上，盯着前方那一幅巨大的油画。夜影下，上面的人脸都模糊不清。朱紫紫突然觉得黑暗里有一只眼睛，她从床上跳了起来，按开了屋子里所有的灯。在油画下方的五斗柜上，她在瓶瓶罐罐间找到了一只摄像头。

朱紫紫的心脏就在喉咙口，但她很快发现这只摄像头并没有打开。这是一只宠物监控器，是黄灵上班时拿来观察西西在家情况的。尽管是一场虚惊，但朱紫紫还是把它收进了自己的提包。

第二天，她买了一只新的放上去，并连接了自己的手机。

接下来，朱紫紫同意了与孙绍志约会。

她成了能打开一个男人身体的钥匙，朱紫紫觉得自己的意义突然就变得非凡起来。就算是嫁给他也不吃亏吧，至少比妈妈成功，靠身体就能征服一个各方面条件都不错的男人。从小剥到大的橘子皮或许起作用了，爸爸，你过得好吗？

这天晚上，孙绍志西装笔挺地过来了，头发似乎也是新理的。他把菜单交给朱紫紫："喜欢吃什么，随便点。"

"那我就点些上得快的了，我妈要我十点前必须回家。"朱紫紫要了一份新加坡叻沙面，孙绍志也只给自己点了个兰花椰浆饭套餐。

菜一上来，朱紫紫只顾埋头吃，面条无声无息就通通吮进了朱紫紫的嘴里，玫红色的嘴唇边多了圈不拘小节的金黄色油渍。孙绍志也不敢怠慢了，鼓着腮帮子解决碗里的米饭。两人紧赶慢赶地到了朱紫紫家楼下，一路上也没说上多少话。

孙绍志抹了一把额头："那个，紫紫，相信我，我对你是一见钟情，我们交往看看吧？"

朱紫紫问孙绍志："是因为一见钟情，还是因为那天晚上我还是个处女，又或者是因为你成功地进去了？"

这问题太赤裸裸了，孙绍志在一身新西装里霎时没了主意。她妈妈在六楼的阳台上正看着。孙绍志伸出一根食指指了指朱紫紫，慢慢退回了他的车里："我们改天再聊。"

孙绍志把车飞似的开跑了。朱紫紫一个人慢慢地走上楼，声控灯在她的高跟鞋声里一层层亮上去，妈妈已经站在了门口。

"都晚半小时了。"她妈妈不高兴，桌上留的一碗雪梨猪肺也冷了。西西沉默规矩地端坐在沙发上，像从前的那个朱紫紫。

"那个男孩子是什么人？你交男朋友了？"这是她妈妈第一次看见她身边有异性。

"不算吧，只是追得紧，还没交往。"朱紫紫过去抱西西，西西跑开了。她现在回家的次数比以前少，不发情的时候，西西显然跟屋子里的另一个女人更亲近。

她妈妈跟着坐到了沙发上："紫紫，要懂得保护自己，晓不晓得？"

朱紫紫不说话。

"你谈恋爱没经验，男人骗了你，搞不好你还要替人家数钱。"她妈妈的语气有些无力，但还是想再多说两句。

"妈，我总要嫁人的是不是？不能当一辈子老姑娘呀。"

"那个男人是做什么的？每月薪水有多少？有房子没有？是本地人吗？"

孙绍志什么都有。

"既然条件这么好，怎么就偏偏看上了你？"

这问题问得好。紫紫拿起一支指甲锉，在心头冷笑："可惜你没关心他的床上能力。"

后来，朱紫紫修好的十指按在她妈妈的肩膀上："好了，妈，说得好像我明天就必须嫁给他似的，咱们以后再慢慢考验他嘛。"

"紫紫，拉拉手就好啊，那种事婚前千万别做，做了可就掉价了，听到没有？"

她已经走到阳台上去了，把妈妈的声音留在客厅里。

她把去年冬天晒的陈皮一只只捏碎，手指上却没能留下什么味道。

没有滚烫的肉汤，陈皮的香气是跑不出来的。

朱紫紫跟孙绍志又在黄灵的房间里颠鸾倒凤了一次。

汗水濡湿了发缕，地板上到处都是乱扔的衣服。

孙绍志又一次成功入库，便开始小声哭。臣服于欲望后，男人变得更像小孩子。

"你哭什么呀？要哭也是我哭。"朱紫紫边擦眼泪边笑。她还没完全体恤他，或许是因为她还没真正爱上他。

孙绍志穿好衣服，几乎是恨恨地看了朱紫紫一眼，拉上门就那样走了，委屈得仿佛是个刚被地糟蹋完的小丫头。

朱紫紫又笑了一阵，把门上了锁，打开手机上连接的宠物监控器APP，回放检查一遍最近的录像。

在约定的时间以前，孙绍志就走进了画面。他看上去很落寞，坐在床边不知在思考什么。孙绍志打开了黄灵的衣柜，翻出黄灵的胸罩和底裤——抚摩、嗅闻了一遍。他跪在地上，远远看竟有一副虔诚的模样。

这一切结束后，她自己就走进来了，朱紫紫却不想再看下去了。

孙绍志还爱着黄灵吧？人是不该知道太多别人的秘密的。性再美好，或许还是比不上爱情的一条旧底裤。她明明没爱上孙绍志呀，怎么就觉得他背叛她了呢？

4

列那稳稳地站在瑜伽垫上，一条腿举过头顶。

"干吗要去深究男人说的话，男人跟女人说话的时候，一般都是不经过大脑的。他们当时说的话就是实话，"列那艰难地发出声音，"但仅限当时。"

朱紫紫陷在沙发里不再说话，列那斜眼看了看她："好不容易上来串趟门子，敢情是要我当爱情导师。"

朱紫紫说："我觉得你的经验肯定比我多。"

列那又换了一个毗湿奴式："你爱不爱他嘛？"

"我就觉得如果拿来结婚，条件还可以。"

"那就是不爱呗。"

"但我又不想把他留给别人。还有，等我以后想结婚的时候，身边不一定就正好有合适的人。要怪，就怪认识得太早、太快。"

"要男人喜欢你跟要男人娶你，是不同的法门，我对后者也没有经验。"

瑜伽练完了，她去厨房给自己倒了一大杯汽泡矿泉水，外加一盘有机圣女果，这就是今天的晚餐。

"干吗吃得像只鸟似的，瘦有什么好？人就活这一辈子，趁还有胃口、血糖血脂都不高，赶紧享受生活。"朱紫紫理解不了这些偶尔吃一块芝士蛋糕就会跪在地上忏悔的人。

"你这种天生的瘦子体会不了。"列那的身体信仰也是朱紫紫动摇不了的，"身体是一座圣殿，健康饮食，定期运动，瘦只是好处之一。我觉得你虽然吃不胖，但也不能胡吃海喝，谁知道哪天你的身体机能就发生变化了？要不跟我一起订一个疗程的排毒果汁，再练练瑜伽？"

朱紫紫摆摆手："简直是当代的禁欲主义。我胡吃海喝，没有对不起谁，更没有亵渎神明，你们吃草的供奉草的圣殿，我们吃肉的有肉的教堂。"

列那说不过她，给自己点了一根烟。

"你看看你，练了一小时瑜伽，再抽上一盒烟，还有用处吗？"

"就算是给圣殿烧点香。"她不好意思地笑，"我也说说我最近的一个烦恼。"

列那说，她跟她的小姨闹翻了，她的小姨是个挺不简单的女人。

"这么说吧，这个女人，我现在不想叫她小姨了，她打主意打到了我头上，想把我介绍给一个澳门老头子。"列那一屁股坐下来，吐出长长一口香甜的烟雾。

"外人知道她的不多，圈子里都晓得她的名讳。当过一个了不得的人物的外室，其实早就被人甩了，现在依然打着那个男人的旗号到处招摇撞骗；此外就是拉拉演艺圈的皮条，给一些有钱人介绍小明星，这些年就靠这个过活。"

朱紫紫觉得，楼上这套公寓通往的恐怕又是另外一种人生。

"前阵子吧，她非要带我去澳门玩，说有人做东。我不想去，然后她又拿给我一条钻石手链，说是有人要送我。我哪敢收？过了半个月，她又跑来撒泼骂我，连我妈也他妈的一起给骂了，说我背着她跟那人搞在一起，坏了她的规矩。我觉得她现在彻底成了一个神经病。"

"你跟那个澳门男人搞在一起了吗？"

"搞个屁！说实话，事也着实碰得他妈的有些巧了，把钻石手链退掉不久，另一个朋友送了我一块翡翠——玻璃种的，水头特别足，她在朋友圈里看到了照片。但巧的就是，那老头子也刚跟她说过，我没收钻石手链，他就再准备送块老坑翡翠。她一口咬定那翡翠就是澳门老头儿送我的，说我俩背着她暗度陈仓。"

"她问问那老头儿不就行了？"

"联系不上那老头儿了呀，然后她又在自家的地下车库里被人恐吓了一回，差点还挨了几棍子，吓得几天卧床不起，硬说是我妈找人干的。"

"那究竟是谁干的？"

"这我他妈的哪能知道？她干过的亏心事可他妈的不太少！"

朱紫紫听入了迷，列那一根烟抽完，圣女果也吃光了。列那说话激动时，总要想方设法嵌进去一个"他妈的"。朱紫紫倒没觉得她说话粗俗，列那更像一个叛逆的千金，但她的生活用度倒也称不上多豪奢。

"为了躲你小姨，才搬到这里来？"

列那点点头："我爸妈平时都住在新西兰，之前在国内也算是受那个女人的照应，虽然她人不高级吧，品位倒是一流，家里弄得特别漂亮，我以前爱在她那里住，她家有的是房间。"

聊完天，俩人就换了衣服，一起去城中一家有名的酒吧。天意渐凉，路灯照出蒙蒙的雨丝，满地都是污烂的梧桐叶子。

到了酒吧，二人一向是各玩各的，不像许多女孩一定得结伴为伍。不一会儿，来了一群中东男人，其中一个摸索到朱紫紫的身边，想请她喝一杯酒，说自己是从迪拜来的。

在酒吧里，每个中东人都会说自己是从迪拜来的。朱紫紫不想搭理，她本来也不喜欢老外。

列那在舞池里偶尔闪现一秒她的影子。过了一阵，她就跟一个男人跟跟跄跄地出了大门。朱紫紫今晚坐在吧台闲极无聊，看见列那了，就叫了她一声，她不可能听见，音乐声震得人心脏都在颤。

朱紫紫跟出去，看见两个人搂着走了一段路，彼此交头接耳一番。之后那个男人松开了她的腰，二人就这样突然分开了。列那去了路边的24小时便利店，那个男人一个人过了马路。

她们在荷尔蒙气息扩张的酒吧就这样一直玩到天亮。清洁工开始出街打扫地面上的垃圾和落叶，两个人意兴阑珊地重见了天日，互相搀扶着走去方便打车的路口。

一个年轻的金发男人在马路对面问她们："How much？"表情倒是挺诚恳的。

列那瞪大眼，朝他比了个怒不可遏的中指。朱紫紫倒没觉得有多冒犯，甚至还有点羞耻的得意，她居然也有点风尘气了，心想："看来我真的变了。"

孙绍志哭过两回，但并没泄气。

"紫紫，你不懂，你不懂我的那种感情……"孙绍志趁午饭时间把朱紫紫约到写字楼下的咖啡厅，一时满头大汗，第一次见面时那种侃侃而谈的气概早就没有了踪影。

"你确定那真的是感情，不是单纯的性兴奋？"朱紫紫不跟孙绍志讲究措辞，她脑海里还有他闻黄灵底裤的画面。

"我知道黄灵跟你说了点我的……我的过去，但你看，我俩现在不是……挺和谐的吗？"孙绍志着急，"我觉得你就是我命中注定的那个人。"

也许他想要的就是稳定的性，而她终究得要一场婚姻，他们都有能交换给彼此的东西。如果没有那挥之不去的底裤，她觉得她真的有可能会爱上孙绍志，而不只是爱上他的条件。

"我听黄灵说，你妈妈做饭特别好吃。"朱紫紫陷入沉思后，孙绍志就开始找别的话题。

"哪天有空，来我家吃饭。"朱紫紫隔了一阵，才对孙绍志说出这话来。

孙绍志听罢，眼前一片柳暗花明。他把杯子举到嘴边，才发现咖啡早喝完了，他不好意思地笑，朱紫紫也笑。她要把孙绍志带给她妈妈看看，因为她终于成了跟妈妈很不一样的女人。

因为孙绍志要来吃饭，朱家像在提前准备过年。光是鱼，朱紫紫的妈妈就买了四五条。她花白的短发别在耳后，双手麻利，凝神屏息，有丸子要出油锅，紫砂煲也开始冒气了。

她尽了一个母亲能尽的所有心意，但朱紫紫不觉得她妈妈在为她高兴。她是乐意的，但她是不高兴的，或许她自己都没察觉到。

冷盘都上了桌，砂锅煨在最后的那点炉火上，热菜纷纷扣上了碟子，且等着客人来了再揭。

客不来，朱紫紫的妈妈是不会动筷子的。桌上还有一瓶她特意从超市买回来的白酒，包装喜庆。菜其实早都凉了，朱紫紫的妈妈把白酒打开，给自己斟了一杯，一个人在灯下慢慢抿。

朱紫紫在外头的走廊上来回走，这通电话是黄灵打过来的，现在是美国的早晨。孙绍志向黄灵报告了他要来朱家吃饭的事，信誓旦旦地对黄灵说他非朱紫紫不娶。

"紫紫，我不介意你跟我的前男友在一起，真的。但是，你也不能骗他你是个处女吧。"黄灵义正词严，"孙家跟我们家认识，我不能不替人家想想。尽管我跟孙绍志终究是不来电，但我也不想让他家娶个拿那事儿骗婚的媳妇呀。我觉得是不是处女不重要，但利用处女这件事就有点下作了。"

朱紫紫的手在发抖："孙绍志到底跟你说什么了？"

"他说你是个处女，"黄灵的口气已有点不耐烦，"他也成功进去了，你俩就成了天造地设的一对。"

朱紫紫沉默一阵，只好说："黄灵，我想，他是误会了，我只是那天来例假了。他事事向你报备，恐怕真正爱的还是你，你就别再错过了。至于勃起问题，带他看看男科吧，跟我行，怎么着也能再跟你行。"朱紫紫快速把电话挂了，心头绞痛得无以复加，她不想在此刻哭出声来，她不想哭出声叫妈妈听见。

"妈，别等了，他说他今天来不了了。"朱紫紫淡然地走进门里，端起一盘绣球鲈鱼，送进了厨房的微波炉。

她妈妈嘴里叨叨咕咕的，说这么多菜不晓得哪天才能吃完，于是这个夜晚就又变回朱家的一个寻常夜晚了。小餐桌上的热气重新冒起来，孙绍志的车是开到小区外面再掉头走的。朱紫紫刚才在走廊上擦掉眼泪，打电话对他说："我妈病了，今晚吃不成了，改天吧。"

5

朱紫紫对这场别人卧室里的旅行灰了心，回黄灵的公寓收拾她留在那里的东西。

她的第一次是在这里给了孙绍志，但她的贞操被黄灵提前没收了。孙绍志也跟这套公寓一样，是黄灵的私产，终归是要还她的。女人之间的情谊如纸脆，到头来什么都像梦一场，除了那埃及棉床单上的体液和鲜血。

孙绍志后来又跑来找过她，说他不在意她是不是真的处女。

"那你在意的就是你真的进了呗。"朱紫紫觉得她已不可能再走近孙绍志，"我都看见你闻黄灵的内裤了，你不是真爱她，那你就是个变态啊。"

孙绍志惊讶朱紫紫怎么什么事都晓得。他像是一手牌都让对面人给看了，遮遮掩掩的反倒没意思，索性就都摊开了。

"我是爱过黄灵的，但我在爱她跟爱你之间不可能没有一点重叠期。我跟她是做不成，我也不知道为什么，所以我才残留了那么一点贪恋。我跟我爱的人就是做不成，你是事到如今唯一的例外，所以我才会在你面前哭。我不介意你拿处女这件事骗我，因为我不在意，所以我才对黄灵说。后来，你去酒吧跟各种男人勾搭调情，你以为我不知道吗？这件事才是我在意的，但我没有跟黄灵讲。我自己做了反复的确认，我真的是爱你的，我想和你在一起，所以我才选择包容你之前的一切。我对黄灵说我会娶你，我不是随便说说的，也算是跟之前的感情做个真正的了断。"

"我是不是处女，你有什么介意的资格？我愿意跟谁调情、跟谁上床，是我身体的自由，你有什么包容的权利？！你觉得跟我在一起是对我的一种恩赐啊？你这种男人叫人反胃，真的。"

"我不是那个意思，我只是觉得我真的爱上了你……"

"爱上，怎样算是爱上？"朱紫紫把面前的咖啡勺在碟子里摆正，"你跟我上了几回床、吃了几顿饭、性爱和谐、能聊两句天，就算是爱上了？我觉得，你要是能彻底治好你的ED，你的人生会有一片新天地。"

朱紫紫甩给孙绍志的背影很潇洒，但她边走边哭。

有些话，讲出来跟不讲出来，是有大大的区别的。不讲，生活还是可以将就着过下去，将就有将就的好处，不然不会有那么多人都选择将就。讲了，一切就都结束了，她成了身体与灵魂充分自由的独立女性，而孙绍志只能又变回那个陌生人，惊惧地捂住他的下半身。

这天朱紫紫回家又晚了。

见过孙绍志后，她还去酒吧喝了一打龙舌兰。开门的时候，钥匙完全插不进锁孔，她抹了抹流涎的嘴，发现手背是咸的。应该是从酒杯沿上蹭走了盐，然后她就笑了，使劲拍了很久的门。

"你喝醉了？！"她妈妈一把拉开大门，不像是从睡梦中刚刚醒过来的人。

朱紫紫顺着墙根慢慢站起来，还是很想笑："钥匙，打不开，可能我真的醉了。"她摆摆手，走进屋内。

妈妈把铁门重重地关上："是我换了锁。"

朱紫紫似乎完全没听见，只是瘫在沙发上，虽然醉着，但内心一片绝望。

"你看看你这副样子，人不像人，鬼不像鬼。"她妈妈站得离她远远的，似乎想与她划清明显的界限。突然,她抿住嘴走过去,捉住女儿的领口把她推进卫生间,将她的脑袋朝马桶按下去。

"吐!吐干净!"她抓住女儿的头发,把她的眼角扯得高高的。朱紫紫表情痛苦,很快哇的一声真的吐出来了。

"男人不要你,你就自己作践自己?这叫什么?这叫贱坏子。"她扯了一条卷纸,用力擦着朱紫紫秽物斑斑的嘴。朱紫紫拿手推开她,一脸不屑的表情:"你懂个屁!"

她妈妈忍耐她忍耐得浑身颤抖,最后又说:"妈妈是心疼你。"

她说罢,转身去厨房为朱紫紫熬粥。朱紫紫觉得,自己这辈子应该是完了。女人被搭讪的光阴也就这么几年,喝再多酒,见再多人,也不过是误入桃花深处,有朝一日她又得重返自己的客观条件,在一张床上和妈妈永远地睡下去。

这或许也没什么不好吧,妈妈是真爱她的,别人都不是。朋友、情人,都是 bullshit。

但第二天早上等她醒来,这些喝醉时想通的道理竟然又远去了。白粥总是乏味的,她还必须吃掉她妈妈给她煮好的鸡蛋。

她生平最讨厌吃白水煮鸡蛋了,却始终不想惹妈妈不高兴。吃鸡蛋总是为自己好吧,于是她这样吃了几十年,但前一晚说的那句"你懂个屁"倒是生平以来头一次说。关于这件事,二人都没再提。妈妈要面子,而她也只有喝醉了才有这样的觉悟跟勇气。

她不能再喝醉了,她没有了铁门的新钥匙。妈妈说,她再晚归或者再喝醉，就不会再为她开门。

　　全世界张灯结彩。圣诞节的时候，黄灵回来了。

　　她的形容有些憔悴，或许是时差还没倒过来。在写字楼电梯里，她对朱紫紫说："我祝你跟孙绍志幸福。"

　　"我们没有在一起，你不知道？"

　　"他没再联系过我，打他的电话也不接。"黄灵说，"紫紫，对不起，我对你说了过分的话。我可能是有点忌妒吧，觉得爱过我的男人一定会永远爱着我，哪怕我早就不爱他了，女人往往都有这种自我良好的幻觉。但我觉得我们朋友一场，不该为男人反目成仇。"

　　朱紫紫笑笑。

　　"西西还好吗？"

　　"好。"

　　"孙绍志是个好男人，他可能不会说什么甜言蜜语，但人真的很善良，也很能干，你再考虑考虑他。这回，不是他请我来说情的，是我自愿的。"

　　黄灵外派期没完，还要再回美国，但朱紫紫看见她的老板身边又有了一个新秘书。朱紫紫现在也不恨黄灵了，不知道跟这个有没有一点关系。女人啊，当她的朋友不那么如意时，她倒又能起真诚的恻隐之心。

　　"孙绍志可能要全家移民澳洲了，你如果想跟他在一起的话，别错过了。"黄灵走出电梯，径直去了总经理办公室。朱紫紫看着她的背影，觉得自己或许一直都在羡慕并模仿着黄灵，她茕茕孑立，失魂落魄时都散发着主角光环，她的喜怒哀乐永远只属于她自己。

晚上，二人一起去酒吧坐了一阵子。黄灵给自己要了一杯伏特加纯饮，但她们没坐太近，各喝各的，维持着刚和好才有的那种客气。

"要不我叫孙绍志过来？……"黄灵试图想多说点什么，她们曾经仿佛无话不说。朱紫紫发生了变化，但黄灵在国外的一切也无从揣测。

"还是别了。"朱紫紫觉得，也许曾经许多次她像这样坐在吧台上，男人们过来搭讪调情，而孙绍志就那么看着她的背影，像跟踪着一个在外出轨的妻子。"我不喜欢孙绍志。"朱紫紫不知为什么就将这句话脱口而出，说完心中又有十分失落。

她把黄灵的公寓钥匙还给了她，黄灵也就顺势起身告辞："好吧，反正我也累了，先回去了，明天还要赶飞机。"

列那几乎擦着黄灵的肩膀走过来，坐到她原来的位子上："你朋友？"

朱紫紫点点头："今天酒吧还真冷清。"

"圣诞节假期嘛，很多洋鬼子也赶'春运'。"

"刚才那个人，是我同事，你楼下的那间公寓，是她的。"朱紫紫说。

列那随口"哦"了一声，向调酒师要了一瓶啤酒。没到十二点，酒吧的音乐还很舒缓，里头也没几个客人，尚能听见彼此说话。

"之前，她出差去美国，要我帮她养她的猫，我拿了她公寓的钥匙，有时候就住在她那里，不过我没对她讲过。"朱紫紫也不明白自己为什么要对列那说这些，或许是因为她已经没有了那把非分的钥匙，她们以后也就不再是邻里。

列那没说话，转着手里的杯垫。调酒师把一只酒杯和一瓶深粉象放到了她手边，再给了朱紫紫一杯 sex on the beach。"是那边的一位男士请的。"朱紫紫和列那同时转过头——一个穿着松垮西装的谢顶男人。她们又同时把头转了回来。

"谁没有一点秘密呢？"列那饮着自己的那杯，她今夜也成了一个话少的人。

那个男人走过来，双手搭在两个女孩的肩膀上："今晚，两位一起，OK？"

朱紫紫烦躁地推掉男人的手，列那从高脚凳上跳下来，一把把那个男人拉出去了。过了一会儿，她回转来，把酒钱撂在吧台上："回吧。回我家，回去清清静静地喝几杯。"

"以后，你还是可以来啊，住我这里，只要你愿意。"在黄灵的天花板之上，朱紫紫和列那盘腿坐着，她讲了一遍她的欲望和家庭、一场在别人卧室里发展的第二种人生，还有那个失之交臂的结婚对象。

列那安慰朱紫紫，脸上没有多余的惊讶。列那脸上有一股挥之不去的忧郁，但那忧郁是她自己的忧郁。宽大的客厅一角，也像模模样样地立着一棵璀璨光明的圣诞树，树下有许许多多的礼物，只有主人知道每个礼物盒里都是空的，只为了陪衬得漂亮一些。

"紫紫，你去夜店释放自己的欲望，我是替别人释放欲望的，你明白吗？"列那看着她，香烟的灰烬都随便掉在棕红的木地板上。

朱紫紫也不想让自己显得过分大惊小怪。列那当然也可以有另一种生活，她们不过萍水相逢，是两个不同剧本里的主人公。

"许多男人来酒吧，只是为了找到免费的性。出了酒吧，我会告诉他我的价格，合则聚，不合则散。"

"那为什么不收了老头儿的钻石手链？"朱紫紫想开一个分寸合适的玩笑。

"你还真信了。"列那白她一眼，漫不经心地抽了一口烟。她拿给朱紫紫一支，朱紫紫拿打火机点燃了，觉得抽烟像女人放浪形骸的一种仪式。

"不过从客人那里听来的一些八卦，信口编的。如果我有那么无忧无虑，就好了。过去我的确有个叫她小姨的老鸨，开了家挺有名气的夜总会，那时候我在那里挣得多，被抽掉的也多。之后得罪了她，她联合其余几家都不要我，我就成了流莺。"

"你还知道流莺？"朱紫紫笑。

"做小姐就不能看书吗？"列那瞪她，"是不是还想救我于水深火热？"

"不敢不敢。"朱紫紫咬破了烟嘴里的爆珠，蓝莓味游荡出来。

"现在也挺好，自由。之前我一直想交一个真正的白领朋友。"她看着朱紫紫，神色羡慕而露骨，也许做这一行，情绪都是必须要放大的，"你会看不起我吗？"

"我凭什么看不起你？就凭你是收费服务，而我是无偿的？"她希望列那此刻的思想包袱也别太重。

"我去酒吧，其实主要是为了给自己找乐子，在那样的地方又能要到多高的价，不过是我过去的一个零头。可临了又觉得不收费实在是不甘心，不能把市场给搞乱了。"她把烟屁股按进烟灰缸里，自己靠在墙面上倒立了起来，丝绸睡裤滑落到大腿的根部，她的皮肤是那么姣好，却是男人用钱就可以摸到的。

"那些什么都有的人，是不是真的过得比我们好？"列那的脸是倒过来的，朱紫紫拿不准她是哭还是在笑。

"过得比我们好应该是肯定的。"朱紫紫说，"但……也没什么'但'了，好就是好吧。"

6

朱紫紫醒来的时候已经快中午了。

列那刚刚从外面跑步回来，从门口带进一阵清冷的风。"我刚才看见你那个女同事了。"她拉开遮光帘，捡起地上几只倒掉的酒瓶，"她应该是又要走了，正提着行李箱下楼。"

朱紫紫赤脚走去窗口，隔着一层朦朦胧胧的白纱，看见黄灵正把行李箱放进出租车的后备箱。她站在那里，突然抬头往上看了一眼。朱紫紫本能地后退了一步，却不知道自己在心虚什么。

早午餐是一盘紫红的树莓，还有列那自己做的希腊酸奶。

朱紫紫吃着吃着，突然从座位上跳了起来。她想起她的摄像头留在黄灵的五斗柜上，固然黄灵的手机连接不了那台监控器，但里头的存储卡是可以随便拿出来读取的。

"怎么了，钱包掉了？"列那边吃边翻着一本过期杂志。朱紫紫劝自己镇定些，但还是颤抖着食指点开了那个 APP。可以接通，但房间各处都蒙上了白布，主人似乎打算离开很久。

监控器一定要取回来，它记录了她许多个流连于那里的夜晚，还有她和孙绍志的情爱，他们虽然没有爱情，但他们在床上至少有一点情爱。在床上，他们只是他们；到了床下，他们还得是无数个别人。孙绍志凭欲望指引就要定终身，真傻气。他或许是拥有得多的人吧，他可以让自己傻些。谁又愿意活得精明呢？精明的都是那些赤手空拳的人。

"列那，你喜欢什么样的男人？"她问。

"有钱点的吧，但别太老。"列那似乎对这个问题没有太多兴趣。

她和列那毕竟是不一样的女人。于她，不可能与黄灵那样，有差不多的见地和思想。黄灵曾对她说，她也不知道自己爱怎样的男人，但心中始终有一个虚构的对象，这个男人也不知是怎么给组装出来的，但现实中遇见的各色男人总是打不败他。朱紫紫当时就笑她："你不会是看韩国电视剧看多了吧？"黄灵就没好气："你什么时候见我看过韩剧？你啊，就是男友交得太少，就像洗照片的药水没放够，心目中的形象就显不出影。"

朱紫紫的妈妈备了一包糖果跟纸钱，让朱紫紫从苏州带点叶受和的袜底酥。朱紫紫没去苏州出差，袜底酥是从网上买的，进门后就交在了妈妈手上。"你外婆过去就爱吃这个。"老人家去世三周年了，朱紫紫的妈妈得去一趟乡下。

"妈，要不我请个假，跟你一起回去？"朱紫紫说。

"算了，工作要紧。我就在你舅舅家待明天一个晚上，后天就回来了。"

但朱紫紫妈妈百密一疏，第二天上了火车才发现忘记把铁门钥匙留给朱紫紫。朱紫紫安慰她妈妈说没事，找个女同事挤一晚就过去了，在公司里这点人缘她还是有的。

朱紫紫拨电话前笑了笑自己，好在没响两声，对方就接起来了。

"孙绍志吗？我是朱紫紫。"

黄灵的那把备用钥匙还在孙绍志手里，他过来替她开了黄灵的门，今晚她成了没有自家钥匙的那个人。

好久不见，彼此都陌生了些，朱紫紫突然有些羞赧。孙绍志也许是值得爱的，他曾说过的那些话也没什么恶意，可能是有点大男子主义，但中国的男人大体都是那样的思想吧，而且这思想在他们看来已经算是开化的。至于别的，孙绍志当然可以有属于孙绍志的隐私。

有多少女人并没有想过自己究竟爱怎样的人，一个条件好一些又朝她示了好的男人就自然成了她的男友，然后两人就这么结了婚。他们没有深刻地了解过彼此，但应该深刻地了解过彼此的条件，现实的婚姻往往是最稳定的。至于生理欲望，女人最先舍得牺牲的恐怕就是自己的生理欲望。

但孙绍志看不见朱紫紫脑海里的这些思想斗争，他说："要没其他事情，那我就先回去了。"

此刻的空气里并没有能合欢的气息，这是强求不了的，人毕竟不是动物，何况动物也讲究发情期。

"坐会儿吧，聊聊天，好像我们没有真正好好地聊过一次。"

"我好好地聊过，但不知道你有没有。"孙绍志就站在门边，朱紫紫发现自己根本没有什么和男人说话或者示弱方面的技巧。她发现，她还是跟她妈妈太像了。

但朱紫紫哭了。

孙绍志转过身来："紫紫，没事，你不喜欢我，这不是你的什么错。也许你说得对，爱是不该随便下定论的，放心，我会去看男科。"

孙绍志走了，他或许真对朱紫紫死心了。朱紫紫伤害过他作为一个男人的自尊心，但她不确定男人可以为此难过到什么程度。曾经，她爸爸对她妈妈的指责和数落是从来不回嘴的，是的，最后他的确走了，但她并不了解她爸爸曾经都在想些什么。她爸爸是从不随便流露自己内心情绪的人，男人或许都一样。

朱紫紫去五斗柜上取下她的监控器，放回黄灵原来的那只。性是相对容易的，但爱没有严格的定义。沙发背后还放着孙绍志的那床被子，但那天晚上并没有用上。朱紫紫把它铺在今晚的沙发上，躺下去后，觉得一切似乎还没有开始发生：被子是她自己带来的，而孙绍志从来没有出现过。若不是有那张存储卡，朱紫紫觉得或许是自己真的疯了。

早晨她打开门，看见门把手上挂着一只咖啡店的纸袋。里头的拿铁是热的，还有一只芝士火腿帕尼尼。

朱紫紫妈妈从乡下带回一只肥壮的走地鸡，拿当归和山药炖了，满楼道都是肉香与药香气。她带列那过来一起过个小年，列那是她公司里家在外地的女同事。朱紫紫的妈妈给她盛了满满一碗咸肉菜饭，朱紫紫就说："列那保持身材，不吃米饭的。"

"保持什么保持，女孩子还是要有一点肉，才会看起来有福气嘛。"朱紫紫妈妈添饭的勺子没停。

"没事的，知道伯母做饭好吃很久了，今天肯定敞开肚皮吃。"列那接过饭碗，朝朱紫紫用口型说了句"没事"，拿鸡汤把菜饭泡了，一口气吃掉了两碗。

"以前黄灵也来我家吃过饭的，喏，她家的猫还寄养在我家呢。"朱紫紫妈妈同列那聊天。

朱紫紫还没来得及打岔，列那自然地把话接下去："黄灵比我们能干，都去美国了。"

"上回我忘记把钥匙留给紫紫了，紫紫是住你家了吧？"她妈妈又端出来一碟小炒香干。

列那点一点头，又看了朱紫紫一眼："阿姨，不要忙了，你也坐下来吃。"

西西今晚也开洋荤，朱紫紫妈妈给了它一罐小银鱼罐头，于是四下里只剩一片饮食的声音。

饭吃罢，天早黑了，朱紫紫陪列那下楼，一道往小区外的马路上走。

列那当天就穿着一件黑色羽绒衣，扎一根潦草的马尾，像马路上来去匆匆的每一个人。世界有一些荒芜，大部分人的故事，上帝都写得不够用心。她和她各有一只饱暖的胃袋，在人间此刻也算是幸福的人。

"我觉得你妈妈挺好的。她不容易，年纪也大了，肯定会害怕与你分开。"列那说。

"我知道，我们楼下有个九十岁的老太太，儿女、孙子全在国外。她想出租一间卧室出去，没人愿意租，都害怕她若有一天死在家里，自己还得惹上一堆麻烦事。"

"我已经忘记我妈长什么样了，我们家兄弟姐妹太多了，她也没太注意过我，穷人家的亲情，有时候是很可怕的，所以我挺庆幸我是个薄情寡义的人。"列那说，"有句话说得好啊，好女孩上天堂，坏女孩走四方嘛。"

这时，马路对面有一辆车鸣了两声喇叭。车窗降下来，是孙绍志。列那看了看朱紫紫："这就是你跟我讲过的那位？"

朱紫紫有些不好意思："他这会儿非要过来一趟，说明天又要出差。"

孙绍志在远处停好车，左顾右盼着过了马路。

"你的天堂过来咯。"列那笑一笑，坐出租车先走了。

"都说了，你这会儿来就只有残羹剩饭。"

"咱不是说好了吗？什么意义都不代表，就是顺路蹭一口吃的。"

但朱紫紫觉得她妈妈不会这么想，但这会儿她不愿多想她的妈妈。

"鸡汤还剩半锅，热一热，泡饭正合适，刚才列那吃了好几碗。"

"你同事？"

"算是吧。"朱紫紫走在前头，尽量和孙绍志保持一点距离。走上逼仄的楼道，拉开铁门，里头家私陈旧简单，却日日得到一丝不苟的擦拭，窗明几净里透着一股羞答答的自卑。她妈妈端着一只刚蒙上保鲜膜的海碗，木然立在了厨房门口。

"我的一个朋友，孙绍志，刚才我送列那去路口打车遇上的，还没吃晚饭，就叫上来吃一口便饭。"朱紫紫把他引给她妈妈看。

朱紫紫的妈妈回过神来，把碗放下，两只手在围裙上擦了擦："那怎么好意思，都是些剩汤剩饭了。紫紫，你太不懂事了，下楼去买两个卤菜上来。"

孙绍志朝朱紫紫的妈妈问过了好，又硬堵住朱紫紫不让她再下楼去买菜。西西冷漠地看了一眼这吵吵闹闹的三人，继续埋头舔它的爪子。

朱紫紫的妈妈心神不定，厨房里再也做不出一样拿得出手的新菜。每天做什么、做几个人的，她都有准确的预备。菜从不买多，一早只买好一天的量，每天都吃新鲜的。她把热好的那半海碗鸡汤给孙绍志端过去，再把剩的菜饭盛了一碗出来，因为再加热，碧翠的青菜碎已经泛了黄。她只好不停地埋怨朱紫紫不懂事，亏待了客人，但朱紫紫和孙绍志好像什么话都没有听进去。孙绍志吃得也不多，同朱紫紫和她妈妈说了一阵话，逗了一阵西西就走了，走时还从公事包里掏出一盒从台湾带回来的牛轧糖，留在了门口的矮几上。

那一晚的厨房，朱紫紫妈妈用了很长时间才整理完。她上床时，朱紫紫已经睡熟了，西西则横陈在她的枕头上。朱紫紫妈妈推了推它的小身体，它一动不动："唉，你倒是会找舒服地方。"

7

过年的时候，孙绍志陪他爸妈先到澳洲那边去了，朱紫紫在家里吃着妈妈卤的猪脸肉，看他偶尔发过来的几张海岸线上的照片，就总期待消息的铃响，不知道这是不是就叫恋爱。

列那过年也没回家，不知道去什么地方疯了几晚上，又到商场给自己置办了好些新款春装，扔得房间里到处都是。朱紫紫过来看她，还给她带了她妈妈做的腊味八宝饭。

"过完年我就得重新开张了。"她吃起八宝饭来倒没再含糊。

"怎么个开张法？"朱紫紫立在窗边，抱着胳膊，问完又觉得自己不该问。

"过去有几个姐妹，现在也出来做了，建几个微信群就行了。生意就发布在群里头，给别人介绍活儿自己还可以抽水。"列那把两瓣嘴唇吃得亮晶晶的。

朱紫紫就不便再问下去了。

列那把饭吃完，又抽了一支烟。她把烟盒扔给朱紫紫，朱紫紫拿在手里，没抽，就那么拿着。

"过完年，我可能得再去找套更高级一点的公寓。"

"搬得远了，那我们估计就不能常见了。"

"是啊，紫紫，我们也算是有缘人吧？"

朱紫紫点点头，旁边的圣诞树还在不合时宜地亮着。"那那，我觉得你是个特别可爱的姑娘。"这太像一句分手时会说的话，列那笑得有些不自然："紫紫，有件事，我不知道该不该对你讲。"

"我们之间还有什么可以避讳的？你想讲什么就讲什么。"

"我之前见过孙绍志。"列那根本没停顿，就把这句话讲出来了。猪油和糯米在她的胃里搅成了一团，腥甜得简直令她想反胃。这都是别人家的年年有余。

朱紫紫青着一张脸，只能听列那往下说。

"不是最近，一两年前了吧，那时我还在小姨手里头。他来过我们店，也算是一个常客，所以那天我一眼就把他给认出来了。当然了，他没找我服务过，这一点我不会骗你。"

朱紫紫没说话。

"你现在同他交往，我想了很久，觉得还是应该让你知道。"

朱紫紫就笑了笑："叫你为难了。原来是这件事。孙绍志跟我说过的，他吧，过去跟女朋友在那方面存在一点问题，所以我能理解他。你看，我不是也能理解你嘛。"

列那就不再吭气了。朱紫紫去洗装过八宝饭的饭盒,列那说她来洗,朱紫紫无论如何都不让。

走在回家的路上,列那在朱紫紫心中又跌回一个小姐的本质。她很脏、很骚、很贱,是良家妇女自古的敌人。朱紫紫在红灯前蓦地站住,人与车在她眼前都拖出了雪白的长影。她今天就不该来看列那,更不该听她说这些所谓的过去,就像她不该安那台令人好奇的监控器,也就不会知道孙绍志在她进门之前都做了些什么。

朱紫紫走后,列那收拾着她的食物和衣裳,发现地板上有一处烧出了一个洞,不知道得给房东赔多少钱,好在她现在有钱了。她是骗朱紫紫的,她过去根本没见过孙绍志,或许曾见过一个像孙绍志的男人,但也不能肯定就是他。她也不知道自己为什么要说这样的一个谎,也许是说谎已成了一种习惯,是因为朱紫紫说了她们以后不会常见,她有了个像模像样的男人,就急于摆脱她这样一个不入流的朋友了?列那越想越无悔意,反正男人脱去衣冠大部分都是禽兽。她胡乱整理出几只大纸箱,叫了个搬家公司,一辆小面包车就把所有家什给拉走了。

朱紫紫却没隔着赤道再质问孙绍志什么,二人在微信上你来我往,只聊过几句不咸不淡的家常。过完年回来,孙绍志也没急着来找她。朱紫紫的妈妈倒是试探了朱紫紫好几次,问她跟孙绍志到底进展到什么程度了。

朱紫紫说他们只是普通朋友，但她看得出她妈妈不相信。

晚上下了班，她早早地就回家。朱紫紫的妈妈总说："不约会吗？约会去吧。"她坐在一条小板凳上心浮气躁地剥菜心，朱紫紫则躺在床上静静地翻书。她妈妈又问："孙绍志最近没找你？他到底是个什么态度嘛，要谈就好好谈，不谈就不要一直牵牵连连的。"

也许那杯拿铁和帕尼尼什么都不能代表，就像他说的，上来她家吃一口便饭什么意义都不代表一样。孙绍志或许也曾有过私人的欲望之旅，这已不是朱紫紫如今试图理解的重点。凭着女人朦胧而准确的直觉，她感觉孙绍志有了越来越多与她不再相干的快乐，他们二人的故事在某个秘密的时间点可能已经结束了。他早就变回那个在雨夜叫住她，与她侃侃而谈的陌生男人，陌生总带有一丝原始的迷人。

他们就做一对普通的熟人，不是更契合这个城市本来就具有的成熟而冷淡的气质吗？是她在这趟欲望之旅中掺进过多的生存焦虑，把一场本该轻松自在的本能游戏变成了最患得患失的计算。

后来朱紫紫越发庆幸列那曾告诉她孙绍志还有那样的历史，这效果如同许多杂志上的情感专家的指导意见：你若要让自己不再爱某个人，就拼命幻想他坐在马桶上便秘的样子。他们偶尔还是会互相发发微信，朋友圈里彼此点个赞，但孙绍志没再冒昧地提出过任何别有用心的约会或邀请。就如朱紫紫揣测的那样，他没有了再与她交往的意思，他甚至有可能还把她当作了一个值得尊敬的朋友。经过了整个冬天漫长的疲倦与失望，朱紫紫终于又回到了曾经那片波涛汹涌的平静里。只是如今除了那些沉默的小说，她还拥有了许多段生动的录像以及被触发过的体内交感神经。欲望有了一手的素材，恐怕就是这个冬天留给她的最有价值的遗产。

但朱紫紫的妈妈时常在夜里无故失眠。

她又回过几次乡下，或许是年纪大了，更愿意跟亲人多走动走动。她做饭做得也比过去马虎些了，朱紫紫反而长胖了两斤。"紫紫，有件事，我想跟你讲一下。"她妈妈一直没有做睡前祷告，见朱紫紫还没睡，索性就把事情在今晚说了。

"你舅舅给我介绍了一个人，也见过几面。"

朱紫紫放下书，不敢相信她妈妈会跟她聊这些事。

"觉得你总要嫁人的，我跟你不可能一辈子这么过下去。是你舅舅劝我的，我自己也不是不明白。"

"妈妈，你这是说的什么，就算我嫁人了，怎么可能就这样撇下你？"

"我是不可能跟你们住在一起的。"她妈妈斩钉截铁地打断了她。她妈妈还是她妈妈。

"我自己能一个人生活，放心，那老头儿，我可没有看上。我一个人过，没有什么不好。"她说完，钻进被子，背对着朱紫紫睡过去了。朱紫紫想，血缘为什么这么有力，她其实还是跟她的妈妈一样。

3 月中旬，黄灵从美国回来了。

她来朱家看西西，朱紫紫的妈妈竟有点不舍得："养了半年，都养出感情来了。"

黄灵莞尔一笑："我的本意也是想过来跟你们说一声，如果你们愿意养，就留给你们，我可能马上要被派到广州去，带着它四处跑实在是不方便。"

朱紫紫的妈妈为难："那怎么好意思？"

朱紫紫陪黄灵回公寓先做一番收拾，不管要不要猫，还是先暂时留在朱家。朱紫紫走在黄灵公寓的楼下，抬头看了看，曾经是列那家的那扇窗户，窗帘已从血红换成了米白，遥遥地就传出孩子响亮的叫声。

"我还以为你要留在美国不回来了。"她帮黄灵打开窗子通通风，"还是明天找家政来做一次彻底的打扫吧，今天晚上就收拾出一张床，简单将就下。"

但酒毕竟在酒柜里历久弥新。

两个人端着酒杯，都尽力想把话说多一些。

"我马上就升华南区的大客户经理了，想把你也带过去。"黄灵说。

朱紫紫不响。

"我知道你不想去外地，但西西不是留给伯母了吗，她不会太寂寞的。华南区，我走后就会是你的。"黄灵迫不及待地告诉了她。

朱紫紫惊诧，也叹息，在事业上她还没有黄灵一半的城府，或者说一半的野心。

"我守在外地，老板这下也开心，反正我明年就移民了，"黄灵把酒杯在手中转来转去，最后努力看着朱紫紫的眼睛，"我跟孙绍志订婚了。过年时我去了趟澳洲，给他在那边找了个有名的医生——心理医生，已经有些成效了，我们不想再错过彼此一次。"

朱紫紫干笑两声，仰起头在心中默默发誓，绝不会告诉黄灵她从列那嘴里听过的关于孙绍志的事。她不想知道这究竟是为了黄灵还是为了她自己。

朱紫紫先干为敬了，她觉得这没什么好可惜的。

图书在版编目（CIP）数据

如何让女人免于心碎 / 半岛璞著. -- 北京：北京
北京联合出版公司，2017.4
ISBN 978-7-5502-9675-6

Ⅰ.①如… Ⅱ.①半… Ⅲ.①故事－作品集－中国－
当代 Ⅳ.①I247.81

中国版本图书馆CIP数据核字(2017)第018359号

如何让女人免于心碎

作　　者：半岛璞
责任编辑：喻　静
产品经理：夏　至
特约编辑：丛龙艳

北京联合出版公司出版
（北京市西城区德外大街83号楼9层　100088）
北京联合天畅发行公司发行
北京山华苑印刷有限责任公司印刷　新华书店经销
字数：169千字　880mm×1230mm　1/32　印张：8.75
2017年4月第1版　2017年4月第1次印刷
ISBN 978-7-5502-9675-6
定价：38.00元
